U0720812

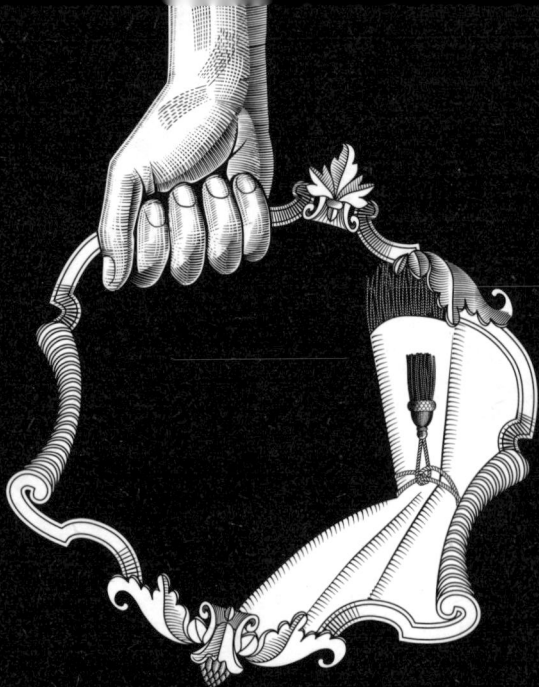

更具体地生长

All This Wild Hope

只有被独自留下的人，
才有这份悲伤的特权，
能够沉湎于虚幻的追忆。

一

除了你以外，到处都是对你的苦痛报以冷笑的人……

夢野久作
1889—1936

梦野久作

王子豪 译

著

瓶詰地獄

GUANGXI NORMAL UNIVERSITY PRESS
广西师范大学出版社

·桂林·

图书在版编目（CIP）数据

瓶装地狱 / （日）梦野久作著；王子豪译. -- 桂林：
广西师范大学出版社，2023.11（2025.9重印）
ISBN 978-7-5598-6304-1

Ⅰ. ①瓶… Ⅱ. ①梦… ②王… Ⅲ. ①幻想小说 – 小
说集 – 日本 – 现代 Ⅳ. ①I313.45

中国国家版本馆CIP数据核字（2023）第157037号

PINGZHUANG DIYU
瓶装地狱

作　者：（日）梦野久作
译　者：王子豪
责任编辑：彭　琳
特约编辑：徐　露　徐子淇
装帧设计：汐　和　at compus studio
内文制作：陆　靓

广西师范大学出版社出版发行

　广西桂林市五里店路9号　邮政编码：541004
　网址：www.bbtpress.com
出版人：黄轩庄
全国新华书店经销
发行热线：010-64284815
北京启航东方印刷有限公司印刷
开本：787mm×1092mm　1/32
印张：8.875　　　字数：130千
2023年11月第1版　2025年9月第3次印刷
ISBN：978-7-5598-6304-1
定价：65.00元

如发现印装质量问题，影响阅读，请与出版社发行部门联系调换。

目 录

疯狂地狱

……啊……是院长吗？打扰了。

是的。多亏您的关照，我的精神状态终于恢复正常了，因此，我是来跟您商量今日出院的事情……长久以来受了您许多照料，实在是感激不尽……嗯，至于住院的费用，我回家后会尽快寄过来……

……哈哈……的确如此。您的意思是，还不了解我的情况，所以我还不能出院？不，您说得对极了。我这就把整件事的来龙去脉告诉您……但您不要泄露给其他人。毕竟，这对我来说是性命攸关的重大问题……

确实……说得也是，要是把患者的秘密泄露出去，医生这行也就干不成了。医院就像保管世间秘密的仓库……不，我信任您。我对您，岂止是信任？

我就跟您坦白这其中的隐情吧。我是个有前科的杀人犯，是个逃狱的罪人，是个诱拐妇女的恶棍，同时还是个犯了重婚罪的无耻杂种……

不，您别笑。承蒙您高看，但我不能歪曲事实。如您所见，大家都知道我是谷山秀磨，北海道煤矿巨头谷山家的养子，也都理所当然地认为我的生身父母家也同样显赫，但遗憾的是，实际上正好相反……实情甚至更加骇人。如果我说出来到谷山家之前的经历，任谁都会瞠目结舌。

大正 × 年的初夏，大雨，从北海道的石狩川上游漂来一具流浪汉的尸体，那就是我。我当时陷入原因不明的假死状态，头发和胡须乱糟糟，像个原始人，全身赤条条，布满岩石的擦伤或游鱼刺中的伤痕，漂流到了煤矿大王谷山家在江差牛山山麓的豪华别墅的背面。《小樽时报》的某记者当时在别墅留宿，在其照料下，我这个无名的青年终于苏醒过来。

不！请等一下。您要笑也无可厚非，是我的故事太过天马行空了……即便在谷山家内部，这件事也是绝对机密，因此，您不理解也是正常的。但我向天地神明发誓，我告诉您的都是事实。不，我所说的句句属实。不仅如此，如果您站在第三方的冷静立场来倾听我将坦白的经历……不知道还会听到多少不合常理的事呢！……如果您心怀疑虑，我难得的倾诉就会变成一场无稽之谈，但同时，我希望您能明白，这件事因太过匪夷所思而成为谷山家严守的秘密，直到今天都绝对不能向外泄露……尤其是，此事发生在不同于内陆的、尚未开化的、野蛮的……保留着许多神秘的北海道。如果您已经充分理解，愿意倾听，您就会明白，这个故事究竟是一派胡言……是精神病患者的离奇幻想，还是正常人诉说的真实经历，您听我讲下去，慢慢就会明白的。

……可是，虽然我在《小樽时报》的某记者和别墅附近一位医生的照料下，终于从假死状态中苏醒，但不知道什么原因，我完全丧失了过去的记忆。而且当时我的头部受了重伤，现在回想起来，多半是因为从高处坠落，撞到了脑袋，才陷入这种异常的状态……不好意思，请问先生您见过这样的病例吗？

……哈哈，从未见过这样的病例，但经常有听说。可能的确是存在的……原来如此。总之，那之后我听从记者的指示，编造了自己的过去……

……我出生于九州的佐贺县，是个没有兄弟姐妹也没有亲戚的孤儿。当然，也没受过什么教育。前些日子，我在东京事业受挫，对人世深感悲观，便决心在人迹罕至的北海道深山里自杀，让尸体成为熊或秃鹫的食物。可我在辛苦登山的途中，失足掉进了石狩川……

这样信口胡诌的故事竟真的骗过了别墅附近的人们。紧绷的神经放松下来后，我贪婪地学习着身边新奇的事物，仿佛重获新生。然而，哪怕完全变了个人，我依然没有去处，也没有归途，只不过是个孑然一身的流浪汉罢了。记者将他当睡袍穿的旧浴衣给了我，我就这样在别墅里受人照顾，浑浑噩噩地度日……

……啊？那位记者的名字？

……啊，好像是……奇怪……叫什么来着……明明刚才还记得很清楚的……真奇怪……一下子就想不起来了。唔，什么来着……

您说忘记救命恩人的名字，真是岂有此理？……哈……太荒谬了。那混蛋如果算我的救命恩人，老鼠药都能当长生灵药了！

我前面已经说过，自己是个十恶不赦的罪人，而早早识破了我的身份，为了满足猎奇心理，用残酷手段将我的命运玩弄于股掌之间的恶魔，不是别人，正是这位救命恩人。为了把我搞得半疯半癫，变成谷山家这头狮子身上的虱虫，缜密地设计出整个计划的畜生，就是这位新闻记者……对……就是这么回事。往下讲吧，在想起那家伙的名字前，我们暂且称他为A。

　　不知为何，这个名叫A的男人十分熟悉谷山家的内情，在这幢别墅出入自由，他不但是个记者，还自称是猎熊与滑冰的高手，这些恐怕都不是自吹自擂。他体格健壮，肤色黝黑，目光锐利，怎么看都不像个新闻记者。他把我留在谷山家别墅期间，经常找我交谈，质问各种事情，想尽办法努力让我恢复记忆。

　　嗯。你说得没错。如果能让我恢复记忆，这可是桩了不得的大新闻，他最初想必是这么盘算的，但不幸的是，这些努力最终都归于徒劳。那些从我的脑髓中蒸发的往昔记忆，可能早就逃往天狼星喽，再想追回来可不是件容易事儿……

　　不过，倘若那时我想起了过去的经历，也就不会有后面的故事，反而值得庆贺呢。也许我就不必终日背负这无名的恐惧了，最终也能安然化作无声无息的尘土了吧……

　　大约两周后，那是酷热难耐的一天。煤矿大王谷山家的女主人从小樽启程去函馆，有两三个中年妇女随行。她的双亲都已去世，且因为是独生女，所以格外刁蛮任性。这位二十三岁的大小姐名叫龙代，人称"社交界的女王"。龙代小姐本来驾车在爱别町新开通的公路上兜风，却突然驶到江差牛山下的别墅。没过多久，小姐就爱上了我……嗯，就是这样……事情的进展的确非常迅速，您或许不信，但这是事实。尤其是后来我才打听清楚，这位任性的龙代女王，是听了来到小樽谷山本家的 A 记者的报告，旺盛的好奇心令她放下手头一切事情，特地赶来见我。而且只消一眼，她就迷恋上了我这个来历不明的流浪汉，打定主意和我厮守终生。由此，您也能看出她多么任性了吧。

　　……很抱歉，这听起来像在炫耀恋爱史……但另一方面，我还是我。我很明白自己丧失了过去的记忆，万一，我以前还有相好的女人……或许，我当时应该考虑到这些……我的魂魄都被妖艳活泼的龙代勾走了，却做梦都不曾察觉，在我们背后，A正舔舐着他那赤红的舌头。这是我一生最大的失败。或者这就是命运也说不定？……哈哈哈……

后续的发展不必多言，已是世人皆知了。凭借龙代非同寻常的任性，以及A记者不可思议的热心斡旋，我被谷山家收为养子。但慎重起见，我得告诉您，那之后发生了三件令我震惊不已的事。

第一件事是在北海道出了名的水性杨花的龙代，竟然还是处女。第二件是龙代的性格在婚后一反常态，变得容易羞怯，温柔贞淑。

最后一件就有些难以启齿了。因为当时煤炭行业的不景气，以及经理的贪污行径，煤矿大王谷山家面临财务危机……于是，托被龙代相中的福，我这个游手好闲的流浪汉纵身一跃，倒栽葱般地坠入骑虎难下的爱欲与金钱的地狱之中……而且龙代正是为了寻找我这样的蠢货，才违心地伪装出放浪做派。我彻头彻尾被她演的这出戏给骗了……结婚不到半年，我就搞清了这里头的名堂。

但话分两头，我并不是个见事不妙便要逃出这座双重地狱的懦夫，这或许也在龙代的算计内。原本差点淹死在河里的流浪汉，后来却表现出不输龙代的好胜心。虽不知是从哪学来的知识，但我显示出连我自己都惊讶的才能。

　　首先，我开除了那个为非作歹的经理，稳步改善谷山家陷入困境的财务状况，此外，我在当时无人看好的鲱鱼仓库业的投资上获得了成功，谷山牌烟熏鲱鱼销路甚广，眼瞧着就要筑起泽被子孙的基业。因此，谷山家对我的信赖也越发深厚……那时候，我也时常陶醉在幸福中，甚至向妻子龙代许诺，将来会为她实现更美满的梦。

　　但如今回头看，那时的幸福只是转瞬即逝的梦。缠绕着我的奇怪命运并没有就此结束。

　　那是我们的长子龙太郎出生不到一年时发生的事。

　　我的妻子龙代突然……真的是非常突然地，吞安眠药自杀了。同时，她留下的遗书让我恍然大悟，为什么谷山家的人长期对龙代的放浪和任性置若罔闻……为什么未做任何调查便让不知底细的流浪汉继承了这座煤矿帝国……我这么说，想必先生你也有所察觉了吧？

谷山家世代患有令人忌讳的遗传病，无法与其他家族联姻。就在谷山家的血脉与财富将要同时断绝时，是我艰苦维系着这一切。

本以为这危险的血统将随着龙太郎的诞生结束，但很快地，龙代身上第一次出现了那可怕遗传病的征兆。真的对你感到很抱歉……也就是对我……妾身决心不让你看到我悲惨的样子，就此告别吧。这是妾身最后的任性了，请你千万原谅……妾身不愿欺骗你，却还是违背真心骗你成婚。妾身自知罪孽深重，纵使结草衔环，也会报答你……妾身不舍得与你别离……孩子的事就拜托你操心了。世间只有你一人相信妾身的真心，而妾身也是信赖着你的心而赴死。如今，妾身只怨恨天道无情……遗书通篇是这样哀切的文字，叫人潸然泪下。哈哈。完全不见昔日的任性……她饱受着近乎透明的纯情与理智的折磨……充斥着懦弱和美丽……哈哈……

当然，即使在那时，我也没有打算离开谷山家。是的，世间事皆是命中注定。

但谷山家的人非常狼狈。他们想方设法隐瞒的不祥血统，在龙代自杀后有可能被暴露在世人面前。他们极力拜托警方和报社保守秘密，同时又担心我会逃跑，惹出事端，所以必须尽快为我找个称心如意的新妻……龙代的百日还未过，谷山家内部已经在认真讨论给我续弦的事情了。也就是说，这些人对我的信赖与日俱增，但是真谈到了谁家的姑娘，她好还是她好……一涉及这样具体的地方，我就感到兴味索然，续弦的事便也告吹了。我的心情和跟龙代在一起时有了些许不同，但不止于此。我仔细解剖着这种心情，它既不是顾虑死去的龙代，也不是担心孩子的将来。为什么会兴味索然呢？我自己也不清楚，只是莫名感到内疚，仿佛快要想起什么重要的事情了，陷入一种奇怪的焦躁。所以，我给谷山家的亲戚留下了寥寥几行字，便兀自踏上了旅程，在旅途中考虑其中的原因。然而，想不透的事情考虑再多也是白费，结果我变得更加忧郁，做出了一件令所有人大吃一惊的事来……不知为什么，我想去石狩川上游看看。虽然不知道具体位置，但我总觉得自己的故乡就在石狩川上游，去看看的话，一定能发现些什么……我怀着近乎悲壮的心情，背着人置办了一艘小型帆布艇，备好食物，不声不响地离开了家，直奔江差牛山的别墅。但不幸的是，谷山家有人早就觉得我形迹可疑，一直在暗中留意，所以我中途就被逮住，带回了小樽……不过，先生您一定早已察觉我的心绪了吧？……对吧，先生？您对这种病症的发病经过知道多少？想必您对潜意识不可思议的作用知之甚详。

哈哈。西洋的古老记录中出现过实例，但先生您自己还没有遇到过这样的患者？……巧了。我刚好是这些病例中最典型的样本。

我在隐瞒什么？是今早的事。就是刚刚发生的事。我一不留神踩到了病房地板上的茶叶渣，结结实实地摔了个屁股蹲儿，但那一瞬间，发生了奇妙的事。长期遗忘的记忆……掉入石狩川以前的、令人毛骨悚然的无数记忆，忽然在我的脑海中苏醒了。同时，我意识到自己从头脑不清醒的状态下彻底解脱了出来……因此，事不宜迟，我赶紧来找您申请退院……

嘻……说实话，坦白这个秘密比让我挨刀子还难受。当然，这样的重大事件肯定会在社会上引发剧烈反响，一旦公之于众，我身边的一切或许都将走向破灭，然而，现在事关我是否将在这家医院里化作冢中枯骨，也只好弃卒保车了。我只向先生您坦白这些内情……哈哈……哈。

想必，先生很久以前就听说过这么个故事吧——

在北海道的石狩川上游，有人在重峦叠嶂的群山深处看见了一座原始的茅屋。屋子背朝北面，被巍峨绵延的旭岳环绕，同时，房屋正面则被悬崖遮蔽，峭壁之下是奔流的石狩川。因为位置如此隐蔽，所以很久以来都不曾被人发现。

北海道有不少以采摘药草为生的人。近来，有个采药人在山道中忽逢大雾，迷失方向，偶然发现了远处的那间小屋，这一下就在整个北海道引发了热议……有人说，那间小屋是离群索居的阿伊努人修筑的。也有人说，那是北海道"特产"的越狱犯害怕被人寻仇而建的藏身所……听上去似乎有几分道理，但其实并不是这么回事。还有人坚信，那里是太古以来残余的野人的栖息地……也有人嘲弄道，肯定是采药人眼花，把远在北见边境上的猎人小屋搞错了……街头巷尾流传着种种说法，却没有一种能令人信服，流言愈演愈烈。

瓶装地狱

最终，这起风闻传入了报社的耳朵里，引发了更大的骚动。A所在的《小樽时报》的死对头《函馆时报》甚至动用了飞机，并在整张版面上登出那间小屋的航拍照片。照片中显然是日本人建造的草葺小屋，不但造型是外国电影中常出现的小木屋式，四周还分布着日本式菜畦与西洋式放射状花圃。如此看来，与大众的想象恰恰相反，屋主显然是位受过教育的文化人。因为小屋位于北海道山脉中杳无人迹的秘境，所以难以猜测究竟是谁住在那里。同机的记者详细报道了这些"奇怪""不可思议"的事实，进而成了那些嗜好猎奇之辈的谈资，演变出形形色色的臆测……这些事儿，先生多半也通过杂志或报纸有所耳闻吧？哈哈，居然不知道吗……看来是您埋首研究，太过忙碌了……这也是没办法的事，我就告诉您吧，那间屋子是我搭建的爱巢，那里是我和妻子共同经营自给自足的快乐生活的第二故乡……不，实在抱歉……现在提起还是不免会感慨……哈哈……哈哈……我从悬崖坠落，在掉进石狩川的瞬间完全失去了记忆。对对，事实就是这样，就是这样……

我的户籍是伪造的，只要去我故乡的村公所比照一下，便一目了然了。替我伪造户籍骗过谷山家的不是别人，正是新闻记者 A。

我被续弦问题压得喘不过气，托词旅行逃出谷山家，也都是为了在掩人耳目的情况下和 A 碰面。据说，A 那时已经辞去了《小樽时报》的工作，在九州地区四处游荡。我总觉得，他是为了探寻我的过去……后来，我第二回离家出走时，也是受了这种潜意识的影响，说什么也想去石狩川上游看看，届时一切都会真相大白……

但是，事到如今已经没必要大费周章了，因为我回忆起了过去的一切……同时，托恢复记忆的福，我也看清了谷山家养子事件背后，冷血残忍的 A 是如何操纵事态发展的……

我是福冈县朝仓郡的酒庄老板畑中正作的第三个儿子——畑中昌夫。为了在父亲名下的山上栽培葡萄，我考入了驹场的农科大学。九州人的典型特征便是器量狭小，却喜欢埋头研究政治问题。结果在毕业前夕，我愤慨于大政党宪友会的暴行，刺杀了首相兼宪友会总裁白原圭吾。因此，我被判终身监禁，进了北海道桦户郡的监狱，但不久便越狱逃走，往后杳无音讯……其他细节就不用我多费口舌了吧？暗杀、逮捕、越狱的事情，全国的报纸都大肆报道过呢……

然而，其中唯有一点——报纸所写的我越狱的理由，净是些无端的猜测。谁都没有发现真相。诸如什么二次刺杀计划、暗中从事社会运动、逃亡俄国等，全都是无稽之谈。这场越狱令整个日本为之耸动，可是没有多少人知道，越狱的理由究竟有多么微不足道。

那是我被送进桦户监狱不久后的事。东京有个名叫輎岐久美子的女招待，因为爱慕我，千里迢迢找到北海道来。意外的是，她还真获准探监了。

这件事很快上了报纸，甚至还登出了照片，想必您也看过，我也没什么好隐瞒的。那时我受到了她巧妙的暗示，利用对狱警怀恨在心的囚犯们的同情，很顺利地逃出了监狱……但越狱的具体方法，既是关乎我性命的重大问题，也有可能给那些施以援手的囚犯带来麻烦，所以哪怕撕烂我这张嘴，也不能泄露出去……总而言之，成功逃脱追捕后，我和她渡过石狩川下游，在那个绝对安全的秘境营造了爱巢。

这样听下来，似乎像个童话故事。然而，我们一路走来的艰辛磨难，以及那之后孤军奋斗的生活，足以写成比《鲁滨孙漂流记》更离奇的故事。

我逃出桦户之后，凭着天生一双利足在群山中逃窜，一心寻找久美子的下落。我身着囚服，只能趁着夜色行动，可我又坚决不干偷鸡摸狗的勾当，所以无论到哪里，我都穿着那身蓝色劳改服，过着与鸟兽无异的生活。常人无法想象我一开始过得有多难，但话又说回来，正因为吃尽苦头，警方才难以发现我的行踪，倒也是塞翁失马，焉知非福了。苦尽甘来，在越狱一个月后，我在新旭川附近的村子里看到了一个小型魔术剧团的街头海报，里面隐藏着她留给我的暗示。那个瞬间我简直欣喜若狂，仿佛生出了百倍的勇气，也顾不得危险不危险了。我趁着暗夜昏乱，尾随驻扎于旭川町的剧团，终于和她取得了联系。我当机立断，要带她一起走。

那时，我俩赖以维生的东西，只有她匆匆购买的一把铁锹、一把砍刀、装有两口锅的背包、约六贯 [1]

1　贯，日本尺贯法下的重量单位。（明治时代的 1 贯约合 3.75 千克）

重的粮食，此外，我们毫无准备。身穿亮闪闪的洋服的她从舞台后飞快地跑出来，穿着囚服的我拉起她的手，头也不回地冲进了辽阔的原始森林。虽说恋爱是盲目的，但像这样盲目到底，恐怕也举世罕见。

在这深山幽谷之中，就连熟悉地形的采药人也不免直打哆嗦。我们在寒凉的大雾中穿行，两天两夜没有进食，有时得挖个土洞藏身，有时在比人高的灌木丛中走上两三里。我们掘开树桩，偶然看见饿熊的足印，不由吓得抱在一起痛哭，觉得这辈子气数已尽。喜剧悲剧轮番上演，一路上不知道遭遇多少次难堪和恐怖的经历。

就这么着，我们靠捡食树果和香榧果，终于如愿来到了人迹未至的大山深处。我们用辛辛苦苦带来的铁锹和刀具伐木，搭建起坚固的干栏式小屋，耕种旱田；同时把从小河钓的鱼晒成鱼干，把树果煮熟，裹在蒲叶里，预备过冬的粮食，过上了自给自足的生活。

我们在那里第一次领略到原始生活的快乐，以及无上的自由。不再受科学、法律、道德的烦琐束缚，一过上这种日子，就连做梦也不想回到那个充斥着文化人自觉或者别的什么错觉的愚蠢世界了。

我俩约好了……无论以后生多少个孩子，岁数有多大，也不会再回到人类世界了。如同亚当与夏娃在地上世界繁衍子孙，我们的子孙也将在这片秘境中无限地繁衍生息，在自然状态下创造出一个开化部落……

从那以后，她每年都在生孩子。自我二十一岁至二十五岁间，她接连生下两男两女，四个孩子都健康地长大了，因此，山中也逐渐热闹起来了。

然而，令我终生难忘的是二十五岁那年的夏天。也就是刚才所说的报社的飞机，突然飞过我家上空……

孩子们并没有感到害怕。那时候，我正好在屋前的草坪上修建放射状花圃，栽种着山中采摘的高山植物，突然从西北方向传来远雷似的声响，而且愈来愈近。我拉起那帮像在跳舞似的四处乱窜的孩子，慌忙逃回家中，躲藏于铺在檐下当寝床的枯草垛里，直到飞机从石狩岳的湛蓝上空消失。某种不祥的预感袭来，我不禁叹了口气，身后的久美子也露出不安的神情。

"也许是来找我们的。"

听她这么说，我也心头一紧，面儿上却若无其事，苦笑着说：

"怎么会。要捉拿我们这号人，何必这么大动干戈呢？而且事到如今……哈哈哈……"

尽管再三否认，但那股难以抑制的不祥预感仍让我忐忑，呆立在原地。

接下来的四五天里，我都不愿意出远门。当然，那时我做梦也没有想到会被拍下照片，只是在打理农田时，不时想起搅扰这片秘境的"巨鸟"，不住地叹息。但转而想起近在眼前的寒冬，我便觉得不能无所事事下去了。趁着天气晴朗，我肩挑起手工制作的渔网，出门捕鳟鱼。

久美子面露不安地劝我不要外出，但也许是冥冥中注定，我甩开了她，独自下山，拨开红山樱与桂树的花枝，爬到犹如屏风般峭立的崖顶，崖下是石狩川的干流。我向下走到石滩，撒下结实的生木皮做成的渔网，捞起迷失在岩间水洼里的鳟鱼和其他小鱼。

这时……您猜怎么着？刚捞上五六条鱼，从对岸的岩壁阴影中，一个身穿西服、将礼帽压低至眉的青年就一边拖曳着折叠式皮艇，一边鬼鬼祟祟地探出脑袋……

……一瞬间，我与那个青年眼神交错，彼此僵立在原地。但我的脑海中飞速闪过一个念头：不妙……我急忙把重要的渔网往腰带里一塞，扑向从崖顶垂下的绳索，拼命向上攀爬……可是……已经来不及了。还没爬到一半，背后忽然传来两三声枪响，在整座峡谷中回荡。子弹射断了我紧紧攥着的绳索……坠落到山岩上的我陷入丧失心神的假死状态，从苔藓遍布、倾斜的岩面滑入激流后，失去了踪影。

不用说，将我击落的西装青年就是新闻记者A。想必您已经猜到了，这两三声枪响正是A将我的命运玩弄于股掌间的第一步棋。

只是……我希望您能明白，到这时为止，A还没有在我身上产生什么特别的野心。不如说，A在发现了我这样一个奇妙的人后，燃起了旺盛的好奇心，刹那间被诱入那充满残虐趣味的恶魔世界……

另外，必须提前告诉您，A只是被新闻记者特有的功名心驱使，趁着夏日的休假探索传闻中的旭岳山麓怪屋的一个普通人罢了……死对头《函馆时报》利用航拍抢占先机，这让《小樽时报》恼火不已。于是，

20

瓶装地狱

Ａ接受报社投资人谷山家的援助，扛着折叠式皮艇、干粮、猎熊惯用的五连发来复枪，沿着时而积为深潭、时而化为湍流的石狩川溯流而上。幸运的是，Ａ遇到了疑似小屋主人的奇怪人物，对方立刻想要拔腿开溜。他只是为了威慑，才对着我的头顶开了两三枪。

因此，您应该想象得出Ａ当时有多么狼狈吧？他马上把折叠式小艇推下水，冒着生命危险在激流中搜寻，但怎么也找不到我的尸体，这让他感到一种无名的恐惧。

Ａ是个富有冒险精神的新闻记者，他的神经不同于一般人，即便眼前有一两个人死掉也无动于衷。然而……毕竟是在人迹罕至的深山溪谷，四周寂寥，只能听到水声。他也不曾预料到在这样的地方射杀了一个奇怪的裸男……仿佛是在难以言喻的鬼气催逼下动的手。溯流而上要花费四五日，顺流而下便只需要一日，他回到江差牛山下的谷山别墅，终于能歇上口气，就着威士忌入睡了。

然而，翌日清晨，邻人的喧闹声传到耳畔，Ａ想起什么似的立马翻身下床……您猜怎么着？我全裸的尸体恰好漂流到Ａ下榻的客室正下方的石阶处……

请您试想 A 那时的惊悚……比在石狩川上游将我击落时更仓皇的心情涌上了他的心头，不过，这也没法子，世间一切都逃不过恐怖的因缘。

但是，假装不知情从这具尸体旁走开，又对不起 A 那异乎常人的好奇心。况且，就连不通医术的人也不难发现，这具尸体的血色显出微妙的不同。因此，A 一边招呼附近的人帮忙，一边压抑着嫌恶感将我拖到石阶上方的草坪，和赶来的医生一同照护我。我在这期间恢复了意识，但同时发着高烧，不停说着神志不清的胡话。

然而，A 注意到我的谵言中偶尔混杂着常人难懂的监狱黑话。A 一下子从恐惧的心理中摆脱出来，回归他的记者本能。换句话说，A 打定主意要靠我的自白搞出条独家新闻，哪怕付出再多苦心，也是值得的。但是，等我终于恢复了清醒……再度令人震惊的是……千算万算，A 没想到我竟然完全丧失了过去的记忆，成了个彻头彻尾的白痴。A 又沮丧又厌腻……简直气得想把我宰了。

但是，当看到我稍加打扮，摇身一变成了个焕然一新的青年时，A 的心情又一次发生变化……A 想

瓶装地狱

到了一个绝妙的赚钱计划，一个兼具 A 独特猎奇趣味与冒险趣味，还能废物利用的一举三得的计划。

A 迅速将计划付诸实行。他早已识破谷山家的内情……尤其是龙代水性杨花背后的真相。然后，A 上演了孤注一掷的好戏，将我变为谷山家的养子，再随便找了个借口，从龙代那里骗取了一大笔钱，之后便消失不见了。

龙代见此却甚感安心，这只能用愚蠢来形容……她以为 A 已经按照自己的吩咐远走他乡。在这一点上，龙代和大多数的富家子弟一样，过分相信金钱的力量。当然，她告诉我这件事后，我也以为一切都可以高枕无忧了，谁也不曾想到后来的事……A 那头恶魔岂会就此收手呢？他只是暂时韬光养晦，筹备一个更大的计划，一个将我们夫妇，以及整个谷山家打入地狱的计划……

A 听出我讲话时的九州口音，循着九州口音和监狱黑话这两条线索开始行动。A 离开了《小樽时报》，前往九州北部的大都市福冈，在那里的一家小报社就职。之后，他以福冈为据点，利用同县的警察系统和报社资源耐心搜寻与我年纪相当的前科犯或者失踪者。一个偶然的机会，他在福冈市某大报社保存的六七年前的报纸资料中，发现了我的特大照片，上面赫然印着"青年刺客"几个大字。那一刻的 A 简直欣喜若狂。其他报纸上刊登的囚徒照、学生照都模糊不清，与我相去甚远，唯独这幅占据整个版面的我少年时代的浴衣照，酷似现在的我，简直堪称奇迹。

了解到这一步，A 的工作实际上已经完成了大半。他背着报社的事务员，带进去一台小巧精妙的照相机，不只是肖像照的版面，就连记叙我生平经历和越狱事件的报道也一条不落地拍了下来，旋即返回北海道。A 暗中详细调查了我后来的动向，得知我们夫妇已经有了爱的结晶。事不宜迟，为了把最关键的把柄攥在手中，他掩人耳目，动身探索石狩川上游。

他那时已经确信，旭岳斜峰上的小屋就是我的藏身之所。因此，他盘算着只要去到那里，就能找到决定性的证据，拿来和这些报纸照片一起要挟我。

到这里为止，A 的计划可谓天衣无缝，眼看就要大功告成的时候，却意外地碰了壁。

……不是因为别的。拥有恶魔般敏锐头脑的

瓶装地狱

A 也犯下了一个小小的……但实际上极为致命的疏忽——他没有留心到访桦户的女招待久美子的行踪，以为久美子的故事只是报社的宣传手段，这个女人已经随着过时的新闻报道一同消失了。换言之，A 的头脑太过冷静，反而出了差池，使得他的计划满盘皆输。

大约一个月后，时值初秋。

一个瘦得像骸骨的男人出现在旭川町的街头，他穿着破烂的登山服，脖子上挂着一台毁坏得不成样子的照相机，活像个乞丐，四处徘徊，嘴里念叨着一些难懂的话。他的脸色像泥土一样黧青，两个凹陷的眼窝里，白眼骨碌碌放着光，似乎是被雪地反射的紫外线烧伤了，一口被树皮草根的汁液染黄的牙齿嘎吱嘎吱乱响，走起路来踉踉跄跄，仿佛是在渡河。如此模样已是世间罕见，但更加不可思议的是，男人凹陷的眼底倒映出裸体或者说几乎裸体的女人的身姿，让人无法分辨那是画还是实物。他逃命似的疯跑，连那破烂不堪的登山靴也被甩到空中，或是冲进别人家，或是拨打公共电话，一个劲儿地喊救命，甚至跳上行驶中的电车或者蒸汽机车，而后纵身跃下，实在有够危险，却也叫人拿他没办法……嗯啊……是啊。最近的店家都爱在店头摆上裸女画呢，即使入秋了，旭川的正午还是相当炎热呢。无论是店铺售卖的明信片，还是在河中洗澡的女人，一看到这类东西或场景，无论是远在一里开外，还是近在咫尺，他都会疯狂地发出悲鸣。因此，这个男人在旭川町越来越有名。

后来，这个色情狂骸骨男不知发什么疯，冲进旭川警署寻求庇护。世界之大无奇不有，竟然真出现了一位慈善家，愿意收留骸骨男。

这位慈善家是东京目黑一所精神病院的副院长，是位富裕的医学学士，当时正在老家旭川省亲。他拿着刊登有骸骨男……也就是 A 的事迹的剪报，在旭川警署露面，毕恭毕敬地提出来意——他想得到 A 作为研究材料。最初，这位医生通过新闻报道判断 A 的精神状态表现出极其明显的性倒错，是非常珍贵的病例，他希望将其变成论文的材料……而这正是警方求之不得的，权当是驱赶瘟神，他们未做详细调查就将 A 交给了医生……不愧是专家，他巧妙地运用催眠术和镇静剂，顺利将 A 带回东京，并把他监禁在

26

自己负责的病房。大约过了半年，A 的身体状况有所好转，语言也恢复了条理性，于是，医生连哄带骗地问了他很多问题……与 A 所说的事件相比，性倒错真是小巫见大巫了。

A 在副院长面前将谷山家的秘密和盘托出，不仅如此，他还回忆起自己发疯的真正原因，轻描淡写地讲了出来。

A 到石狩川上游探险，历经千辛万苦，终于在旭岳山麓找到了我的小屋。在清澄的盛夏太阳之下，彻底习惯原始生活的久美子与四个孩子都赤身裸体，正在做游戏。A 藏身在冷杉浓荫之中，心满意足地偷窥着，他简直惊呆了。这番做梦都无法想象的神秘光景，让他震惊得合不上嘴……洞悉事件全貌的 A 从怀中的报纸照片里抽出久美子的照片，与眼前的真人来回对比，难以言喻的喜悦让他的心狂跳不止。这是能够将整个谷山家打进地狱的惊天发现……那时龙代应该还没有自杀……

然而，A 并没有意识到，他即将在这里第二次失策。事实上，A 只需要拍下几张久美子和孩子们的照片，就可以暂时中断这场探险，但他并没有这么做。只能说，Ａ气数已尽……面对这一"色情""怪诞"等词都不足以形容的绝景，只是远观便离开，不符合Ａ与生俱来的记者性格；又或是，对着眼前显得既色情挑逗又怪诞的女主人，Ａ生出了冷酷绝顶的野心。总之，Ａ仿佛被这一幕吸引，无意识地拨开山白竹，朝那里走去。

可怕的事情发生了。

长久以来，这个要强的女人在没有男人的情况下，在荒无人烟的深山中过着原始的生活……她独自对抗饥饿和严寒，养育四个孩子，母性逐渐蜕变为剽悍狂暴，其中的辛苦是普通人难以想象的吧……更何况，自从石狩川方向传来两三声枪响之后，丈夫便失去了踪影，久美子始终认为丈夫是被监狱派来的追踪者杀害了。因此，一发现穿着卡其色登山服、肩扛来复枪的Ａ，她当然下意识以为是追兵……正当Ａ扛着五连发来福枪，在点缀着款冬与虎杖花的深草丛中潜行，慢慢接近那间小屋时，忽然，从背后袭来了一头猛兽，Ａ急忙躲开，只见那个赤身裸体的女人举起刚夺下的来复枪，怒气冲冲地拦住了他。幸好枪没有上膛，让他免遭连吃枪子儿的命运，但女人可怕的怒容仍吓得Ａ胆战心惊。女人不知道扣动扳机的方法，趁着她一时不知所措的当儿，Ａ拔腿就跑，却见女人倒持着枪，一边挥舞着，一边追上来，头发犹如阿修罗般倒竖，骇人无比……穿行在没有路的茂密草丛中，他没命地逃，可对方是个已半野生化的女人，对地形了如指掌，健步如飞。她一副不把Ａ杀死誓不罢休的势头……为孩子的安全考虑，狂乱的母性驱使着她猛扑过来。

他气喘吁吁地穿过原野和山脉，即使失去了方向感，也仍然能听到追赶而来的沙沙声……恍恍惚惚之间，突然身侧冲出来一个抢起猎枪的裸女。大惊失色的Ａ从悬崖滚落，女人却像飞鼠一样紧跟着跳了下来。当他蹚过小溪，女人同样飞身跃过，而且比男人更敏捷、更莽撞。Ａ愈来愈害怕，忍不住发出惨叫，只能无头苍蝇似的逃命。黄昏降临，女人终于摸索出了上膛的方法，在距离Ａ数十米开外的后方连开了两三枪。最后一发子弹意外击飞了Ａ的帽子，吓得他肝胆俱裂，魂飞魄散。Ａ仿佛坠入了一个疯狂的梦境，裸女的幻影不分昼夜地追赶、威胁着他，他只能彷徨在这片人迹罕至的高原上。

天黑了，夜明了，依然时时听得见四面八方的风声，仿佛那女人又来了。他筋疲力尽，几乎气绝，倒在地上刚睡着，旋即听到来复枪的枪响，女人的乱发拂过脸颊。于是，他在似梦非梦中站起身，在青蓝晴空与星空下蹒跚独行，悲惨至极。但他并未曝尸荒野，而是像具活的木乃伊，徘徊至旭川町。一有裸女映入眼帘，他就会惨叫着跳起来，甚至闯入陌生的屋子，不断絮叨着支离破碎的话：

"……不……不好了！……谷山家的重大秘密……重婚罪……越狱犯的妻子……天女下凡似的猛兽……"

这就是 A 发疯的真相。

……不过，精神病院的副院长听说这一情况后，起初抱着半信半疑的态度，这是理所当然的。谁叫这件事从头到尾都疯狂得超乎常识呢……为了求证，他特地调查了 A 那件保管在医院的破烂不堪的登山服……您猜猜看。登山服内兜中装着畑中昌夫和谷山秀麿的户籍誊本、报纸照片的胶卷，不仅如此，坏掉的照相机里还保存着一张我妻子的恐怖照片——还真叫他成功拍到了。这都证明 A 说的句句属实。

副院长这时才注意到，A 精神病症的康复对于谷山家而言是个重大问题。他立刻给我寄了一封亲启信，告知我事情的大概，并询问是否属实。当我接到这封信时，顿时哑口无言。

当然，信中还有一段附言，称询问只是出自学术研究目的，即使属实，他也会绝对保密……那时，唯一成问题的龙代，也早已是一块牌位了。因此，我没有太过担心，但这也确实是个重大问题。于是，我匆匆赶往东京，到访目黑的精神病院……却又受到了令人无言的要挟。A 一身病号打扮，坐在坚固的铁笼中，他不仅清楚地记得我的脸，还从铁栏空隙中递出一张纸片，冲着我劈头盖脸就是一通没头没尾、透着威胁的抱怨。当然，那张纸片大概是有关我的过去的剪报复印件……

我在副院长的办公室看到了放大了的报纸照片和印在感光纸上的妻子的怪诞照片，只看一眼，过去的记忆便在电光火石间苏醒。我感到一阵强烈的冲击，一时昏厥过去。

但不一会儿，我就在副院长的照料下恢复了意识。我立刻鼓起莫大的勇气，承认 A 自白的一切均为事实，此外，又向副院长补充了一些缺失的细节。然后，我委托副院长保护 A 的人身安全，同时，也将是否公开我身份的这一重大判断……交由他决定。我将这件事告诉了半疯半癫的 A 之后，便径直回了北海道。万一我的身份被公开，也好做准备从容就刑……即使是以保守秘密为业的精神病医生，如此离奇的秘密，隐忍不言也绝非易事哪。

　　……欸？……您说什么？……

　　我的话前后矛盾？……

　　这就怪了。哪里有矛盾呢？我讲述得相当有条理，不是吗？

　　什么？……您问我为何还没想起来新闻记者 A 的本名？……嘻，确实不大想得起来……但很快就会想起来的……

　　……噢？……您为什么发笑？

　　哎——这里就是目黑的医院？哎——这么说，A 君也在这里喽？哎——真的在吗？……我完全不知道。他到底在哪儿……

欸？……就在这里？……

……什……什么？……我就是新闻记者Ａ？您别开玩笑了……我刚才已经讲得很清楚了。我是谷山家的养子秀麿，是那个好似猛兽天女的久美子的丈夫……也是那个与龙代重婚的白痴……

欸？您问，那位秀麿……那个成为谷山家养子的我……住院的原因？这……这是因为……当时我陷入疯狂，很难回忆起那时候的事了……

……您不要笑了。我不需要看镜子！我知道自己的脸长什么样。

……什……什么……您说什么？那个谷山秀麿至今依然是谷山家的养子，在实业界非常活跃，后来从山中接回久美子，让她名正言顺当上了谷山夫人……这……这太奇怪了……那两人明明约定过，再也不会回到人类世界……不不，这不是我的妄想。您所说的与事实相去甚远。实在太可疑了……

欸？什么？……在这里的副院长的暗示下，谷山秀麿成功恢复了过去的记忆。他返回北海道不久，就收到了副院长饱含诚意的来信，这才安下心来。他立马回信嘱托将Ａ一辈子饲养在医院里。之后，他独自一人潜回旭岳山麓，接回了久美子？哎……猛兽天女般的久美子，被久别重逢的昌夫的泪水与劝告说服了？哈哈哈……昌夫毫无伪饰的纯情打动了她，结果，她情愿充当龙代的替身，流着泪下定决心，要将谷山家的独苗龙太郎养育成人……原来如此，为了把带着四个孩子的猛兽天女带回人间世，昌夫费尽苦心，掩人耳目地把她们从充满回忆的石狩川上游转移到江差牛山下的别墅。真是不容易哪……之后，从给久美子办理户籍，到教导孩子们礼法，又是一番惨淡经营。最终，一行人回到谷山本家，竟比预料得更加顺利。久美子的举手投足颇为高雅，甚至赢得了"龙代再世"的美誉，一跃成为当地社交界的名人。同时，他的家庭非常圆满，五个孩子亲密无间，将来也不会有人发觉谷山家的秘密……您是说，所以我不必有任何担心？……什么！你竟敢耍我……

不……啊哈哈哈哈……还是失败了。一不留神露出马脚了啊。

啊哈哈哈哈。其实，我就是想哄骗医生您允许我尽快出院。这段日子里，我不眠不休地构思这个故事，就在刚才，摔了个屁股蹲儿的一瞬间，我回想起自己的经历。我还觉得这个指定能行，才赶快来找医生您……

我想起的究竟是谁的经历呢？……也许是我曾经详细调查过的他人的经历吧……唉……行不通哪，要是我能想得更周全就好了。到底是哪儿露出破绽了呢……好嘞……下次一定得……

欸？昨天我也说了一模一样的话？……前天也？……再往前还有过许许多多回？……我……哎——所以，医生您是受谷山先生所托，一次又一次向我说明真相，聆听也只是为了不让我焦躁。无论如何我也无法理解……我，吗？……哎——而且呀，你把自己的事与他人的事混淆在一起，所以讲的故事也逐渐风马牛不相及。所以，你的脑子确实不清醒。忘掉谷山家的事情吧，你不老老实实养病，就不可能获准出院……哎——这是谁在说话？……欸？……我自己的事情……哎——那么，你……失礼了，请问您是哪位？

欸？你是副院长的助手？……与他一同研究我的心理状态……

……呜哇……被摆了一道呀。怪不得你什么都知道。我还以为你就是院长呢。说起来，我还一次都没见过院长本人呢。他说不定会上钩……不，行不通，行不通……

啊哈哈哈哈哈哈哈哈哈……

啊——我累了……

先生……作为听故事的报酬，请给我一支烟……

……噢？谁都不在吗……

这里是监狱的牢房……好奇怪。从刚才开始，我就在一个人自言自语？……那么，我刚才都说了些什么？……

……桐花落尽了……

……啊……我忘记了……

我应该向龙代复仇……她拒绝了我的求爱……还冷笑着说，我只是想把她变成玩物。这就讲得通了。因为我介绍有前科的罪犯给她当丈夫，所以她才想要出其不意地报复我。但不知哪里搞错了，落到如今这步田地……这是个错误，害我被视为疯子。

欸？……这太荒唐了……不公平……

我恨谷山家！放我出去！这是非法监禁，混

账……该怎么办才好……龙代你这个魔鬼……放我出去！放我出去！放我出去！出去！出去！……放我出去……放我……出去……

木　魂 [1]

　　我为什么站在这种地方……杵在铁道与公路的交叉口中央，我直愣愣地注视着自己脚下……明明有火车开来就会被轧死的啊……

　　意识到这一点的同时，他脊背发凉，有种将被火车倾轧的不祥预感。他瞪大眼睛，左右扫视着结霜的白色轨道。他戴着高度近视镜，视线一度落到脚下，军靴上沾满枯叶和混着白霜的泥巴，正使劲踢着半已朽烂的铺道板。然后，他戴好正被汗水浸透的教员帽，重新把羊羹色的长斗篷系在脏旧的衣领上，回头张望，从刚才穿过的枯木林间隙看到了自家的锌皮屋顶。

　　……我刚才都在想什么呢……

1　木魂，指寄宿在树木中的精怪，后衍生出回声的意思。日本古人认为山谷、森林中的回声为木魂所为。

瓶装地狱

最近，持续的失眠症让他的头脑不甚清楚。尤其是昨日正午过后，他突然感到一阵恶寒，怎么都难以入睡。他买来平时压根不沾的酒，也没温，喝了五小勺就睡下了。或许是这个原因，今天早晨他头昏脑涨，痛苦直入脑髓，好像脑袋被拧挤了似的。他皱起稀疏的眉毛，凝视着指甲沾上的红泥。

……好奇怪。今早我的脑袋好像特别不正常……

……我今早在那片枯木林中的锌皮屋子里，像往常一样自己做了饭，洗碗收拾，关好门窗，防止野狗窜进门，然后走到了这里。但是，从那时到现在，我在想什么？……我好像一边绞尽脑汁思考着某个重大问题，一边走到了这里……好奇怪。现在我一点都想不起那个问题是什么了……

……奇怪……奇怪……今早的头脑实在太异常了。如果一直是这种状态，下午打瞌睡的话，会被天真无邪的学生们笑话的……

他杞人忧天地考虑着这些，从上衣内口袋里摸出一块大大的银表。时间正好是七点四十分。

他下意识地将重叠在数字"8"上的两根指针与"嘀、嘀、嘀、嘀"转动的秒针相比较……但是——

很快就觉得空虚了……自嘲的苦笑在近视镜下痉挛着。

……什么啊。真够蠢的。这不是好好的吗？

……我正在去学校的途中……还得在今天早课开始前，把剩下的教案看完。为了留出午睡时间，我提前了半个小时出门。离学校还有五公里不止的路程，再磨磨蹭蹭就来不及了……所以我才杵在这里犹豫不决。是出了国道走大路好呢，还是抄近道呢……

……什么啊。什么都没发生嘛。

……没错。反正先沿着铁路走吧。这条路直直通往学校，距离顶多三公里，要是着急的话，走这条道能节省二十分钟……对……就走铁路……

想到这里，他那张满是胡须的、铁青着的脸上露出了心满意足的苦笑。他左手紧抱着鼓成三角形的旧公文包，倾斜着身子，踏出雪白的铺道板，向着凝霜的铁道枕木迈出一只穿着军靴的脚。

……但……他忽然意识到什么，止住了脚步。

他就这样右手轻轻抵在额头上，手掌盖在近视镜上，仿佛在为某事祈祷似的，无力地垂下脑袋。

他终于想起自己刚才伫立在铁道与公路交叉口

中央的真正理由。在他无意识的这段时间里，令他像颗钉子一样夯在铺道板中央的那股"不祥预感"再度浮现。

今早醒来，他从暖被窝往冰冷的空气中探出头，同时，宿醉让他头疼得厉害。他坐起身，在脑海的角落，仿佛有声音分明在说……我今天一定会被火车轧死……他感到毛骨悚然，用竹笕的冷水洗了把脸，然后急匆匆烧了开水，狼吞虎咽吃完冷掉的剩饭，仍穿上昨晚撂下的泥靴，把塞着铝制便当盒的黑皮包抱在怀里摆弄了半天，沿着满是落叶白霜的荒路，走上了这块铺道板。然而，当他听到厚重的泥靴踏上覆满白霜的铺道板的声音，一刹那，那种不祥的预感历然可见，他的人生在这种预感的威胁下，在脑海中高速回转。是就这么横穿交叉口，赶紧转入国道，还是决意沿着铁路走下去……犹豫不决间，他又在幻视中看到自己如同石像般陷入思考的身影。这种令人惶悚的预感不断侵袭，他努力想要追溯这奇怪因缘的源头。

他并不是这两天才开始经历这种不可思议的心理现象。

去年正月至二月间，他深爱的妻子和独生子相继离世，从那以后，几乎每天早晨，"……今天一定……我今天一定会被火车轧死……"的预感都会奇妙又清楚地浮现出来。然而，他头脑单纯，尽管每每被宿命般的不安袭击，每次横穿这个铁道与公路的交叉口时，他也会战战兢兢地左顾右盼。而当他沿着国道返回，暮色四沉，那种不安感却已被他忘诸脑后，他照常回到山中小屋，仿佛什么都没有发生。他只吃少许小菜和米饭来对付晚饭，接着打从心底舒了口气，忘记一日的辛苦，投入到他毕生的兴趣——小学算术教科书的编纂中去。

但他根本不把这种奇异心理现象的袭来归因于他的神经衰弱。倒不如说，他自幼就有一种特殊的敏感心理，后来渐渐变化为对神秘预感的感受性。

……不会是别的理由。

他相信自己具有与众不同的奇妙感受力……因为他经历过形形色色的不可思议体验。

他是一对老夫妇的独生子，不但天生体弱多病，性格还孤僻古怪，在学校也不和其他学生玩。然而，他的成绩始终名列前茅，所以遭到一帮调皮鬼的记恨，时常被欺凌。放学后，只要干完班长的活儿，他立刻

瓶装地狱

逃也似的跑回家，一步也不迈出大门。

虽然很罕见，但他也有独自外出的时候，仅限于天气晴好的日子，目的地也仅限于山中……其他事都不能打动他出门。他生性热爱大山，所以现在特意住在离学校很远的山中小屋，过着不方便的自炊生活。一方面，伫立檐廊眺望，群山的树木在青空下历历可见，这仿佛唤起了他的童心；另一方面，父母也觉得孩子性格消极，去山里踏青有利于健康。得到了外出许可，他喜滋滋地带上一两册初中算术教程，或者《四则运算三千题》之类的书，避开附近的坏孩子和他们的耳目，去往近郊的山里。

对十岁或十一岁的孩子来说，散步显得过于老成，但他太喜欢大山了，所以没有比这更快乐的事了。他在散步途中记住了那座山中的每一条小径。哪里有木通的藤蔓，哪里埋着山芋，哪片草丛中藏着一块人脸巨石，哪座池塘旁的朴树老根分成两股，并且从中长出了樱木，他都一一知晓。村子里恐怕找不到第二个这样的人了。

不过，他在山中散步时，经常在杂木林中意外发现空地，大抵是三十米至六十米见方的四方形草坪，地势平坦，多半是房屋或者旱田的遗址。在林木的遮蔽下，他每每在附近多次徘徊也发现不了，等到他终于站在空地中央，东张西望，远近山丘重叠，围绕着他的一棵棵树木，仿佛都在屏息注视着他。脚踏枯叶发出窸窣声响，不知为何，让他觉得有点发瘆。

不过，找到这样的地方还是让他高兴坏了，一骨碌在空地中央的枯草上躺下，摊开大大的数学书，思考起难题的解法来。当然，他在一个没有铅笔，也没有笔记本的地方思考，即便想出解法，也是靠心算算出答案。但这里不必留神父母的呼唤，也听不见邻居家的动静，他的头脑好像玻璃般澄明。在家怎么也解不开的问题一下子迎刃而解，他在这里时常开心得忘记时间。

但是，每回当他一头扎进数学题里，就会有清楚的声音出人意料地从背后传来……喂……这呼声经常吓他一跳。不是父亲的声音，也不是老师同学的声音，完全不知道是谁在呼唤，但那声音异常清晰……喂……而当他惊慌地跳起身回头看时，根本没有人在。杂木林映照着落日金晖，一声鸟啼都不曾听见。

这是种神秘莫测的心理现象。最初，他听到那声音会毛发倒竖，但这似乎并非一时的神经作用，后来的日子里也没有消失……又有几次类似的经历后，他完全习惯了那个声音。

他一边思考着数学问题，一边漫无目的地走在山间小道上。忽地，对面传来像是有五六人或七八人的嘈杂谈话声，似乎正朝这边来。这条山径只有一途，迎面来的那伙肯定是大人，他想，撞见之前就躲进道旁的羊齿蕨丛里吧。他一边走，一边继续想着数学题，不可思议的是，无论他走了多久，都没有遇到谈话声的主人。这太奇怪了……没等他想明白，这条细径已到尽头，他突然走到了国道上，开阔的田圃豁然开朗，那伙人就像中途消失于虚空。

这绝非错觉，也非心理作用，他确实听到了声音。与他绞尽脑汁思考的晦暗心情相反，传来的声音明畅清亮。在他有意无意之间注意到的同时，声音也登时消失了。

但他本来就是个奇怪的孩子，全盘接受了这种不可思议的现象。去山里让他毛骨悚然，不过他并未向双亲和其他人提起这回事。他渐渐长大，渐渐成熟，唯有他一人知晓的秘密也渐渐被遗忘了。后来，他念了初中、高中，从大学考进研究生院，父母也在这期间去世了。他娶了妻子喜世子，生了长子，取名太郎，而他也想离开象牙塔，做一名小学老师。经过种种烦琐的手续，他终于如愿以偿来到现在这所小学任教。自此以后，他几度在学校图书馆、无人经过的国道、放学后的教室听到那个莫名的声音在呼唤自己。

然而，他依旧没将这段经历告诉别人。只是，随着他上了年纪，这件不时发生的事让他越来越瘆得慌……也许有过这种体验的人，只有我……为什么我至今一次都没有听到、读到别人有过这么不可思议的体验呢？……也许我生下来就精神异常……他总在内心中忖量着。

十二三年前他刚结婚的时候，有一回值夜班，他百无聊赖，进了学校图书室，随手拿起角落堆放的低俗杂志《心灵界》，漫不经心地读着，猛地一怔，没想到发现了与自己的体验完全吻合的学说。

这篇论文题为《被自己的灵魂呼唤的实例》，是对在沙俄时代莫斯科大学心灵学学界的内部杂志上发表的新学说的节译，他一读就意识到，被莫名其妙的声音呼唤的人绝不止他一人。

……在毫无杂音的密室中，在寂静无风的深山中，一心思考或者专注于某事的人经常会听到形形色色的不可思议之声。乌拉尔山区某地的人至今对"被木魂呼唤的人不满三年就将死去"的传说深信不疑。而且心灵学研究表明，这种"木魂"或"无主之声"的真面目不是别的，正是自己的灵魂呼唤的声音。

人类的性格是能通过代数的因式分解来说明的。换言之，一个人的性格即为祖先世代流传下来的禀性……以及灵魂的乘积。比如，（A^2-B^2）这种性格就是父亲的（$A+B$）性格与母亲的（$A-B$）性格的乘积。然而，在（A^2-B^2）的完整性格中，假如母亲遗传的（$A-B$）因子代表着"喜欢数学"的灵魂，那么（$A-B$）就会倾向于……凝固为对数学的研究欲望，无视并超越其他灵魂的存在，而被抛下的（$A+B$）灵魂则独自游离，在某种缓慢或突然的不安定的心灵作用下呼唤（$A-B$）……即从（$A+B$）的方向朝偏离的（$A-B$）性格发出呼吁，催促后者复归曾经的（A^2-B^2）完整性格。这种灵魂的呼唤会引发幻听，比起从鼓膜传导的普通声音，它是在更加深邃的意识层被感知到的，因此当然会使人惊讶。

在这样的论述演绎中，遗传在生物外观的体现是基于组合式、直线排列、环状排列，以及等差、等比等数理逻辑决定的，由此引申出精神、性格、习惯等心灵关系的遗传同样基于数理原则。作者列举了大量的犯罪者家系来例证这种学说。于是，天才与狂人、看得见幽灵的人、千里眼、预言者都遵循高等数学的心理分解模式，文中对此进行了详细的数学推导。其中最吸引他的莫过于对普通人、天才和狂人的心理分解状态进行数理化的比较研究。如下所解：

……所谓的天才与狂人，即为有意识地或无意识地（即病态地）使自身性格中的诸多因子之一二发生游离之人。因此，从这种观点来考察的话，"天才与狂人仅差分毫"的庸俗论调实际上相当具有合理性。……画太阳而发疯的梵·高、目睹蒙娜丽莎的肖像而精神失常的数名画家都是很好的实例。他们在画中倾注了太多自己的灵魂，以至于无法恢复原来的性格，结果造成彻底分裂、游离的数个自己的灵魂日夜呼唤。

"……画家勃克林[1]将呼唤着自己的另一个灵魂的模样画了下来，那幅拉小提琴的骸骨给他带来了不朽的名声。

"……如以普通人为例，身体孱弱的人、年老将死的人，认知的归纳能力与意识的综合能力都会减弱，最终，意识的自然分解作用将会徐徐开始。时而会听到不知从何而来的、呼唤自己的声音。因此，身体衰弱或年事已高的人如果听到了莫名的呼唤声，应该对将近的死期予以慎重考虑。

读到论文这一节时，他不禁哆嗦着缩紧了脖子。生来体弱、性格怯懦却又天赋异禀的他，已经对这种不可思议现象的袭击习以为常，当作是再自然不过的事了。自那以后，他内心深处产生了疑惑：与普通人相比，天才或狂人的头脑的运作方式才是更合理的

---

1 阿诺德·勃克林（Arnold Böcklin，1827—1901），瑞士象征主义画家。此处提及的画作系《自画像与拉琴的死神》。

吗？那不时呼唤他的声音真是自己的声音吗？他始终记挂着，一定要听个分明。

另一个奇迹出现了……非是其他。在读过那本杂志后，不知怎的，他一次都没有再听到那个声音。仿佛真身被识破的幽灵一样，自己呼唤自己的声音再未出现过，就这样度过了七八年，他便也忘记了。而这七八年间，他忙于操持家计，有了孩子，还埋头于热爱的数学研究，可能是没给自己的灵魂留下丝毫游离的机会……

但在那之后，他的妻子和孩子死掉了。他一变回孤家寡人，那不可思议的心理现象就卷土重来，清晰可闻，让他惊愕不已。不仅如此，那声音此番袭来时还给他带来了难忍的切肤痛楚，他仿佛被那声音狠狠摔掷在地，喘不上气。他仔细盘想着事态发展到这一步的原因，一切似乎发端于亡妻的怪异性格。

他死去的妻子喜世子是村长的女儿，也是毕业于这一带少有的女子学校的才媛，但容貌平平，气质也谈不上脱俗。他虽是堂堂的银怀表学士[1]，却热衷

---

[1] 明治维新至大正七年（1918）间，东京大学的优秀毕业生会被授予天皇恩赐的银怀表。"银怀表"后为东大毕业生的俗称。

于教小学生数学，执意回到自己家乡的小学任教，而在旁的喜世子看在眼中，对他的热情颇有共鸣，两人就顺理成章在一起了。只是，喜世子对孩子的爱看似寻常，却有不可思议的地方。在儿子面前，她是个极度歇斯底里的、变态的女丈夫，但她自己患有严重的肺病，因为不愿意给丈夫添麻烦，便强迫自己坚持工作。待到去年正月咳血时，她已经奄奄一息，意识也陷入混沌。她抚摸着刚满十一岁的太郎的头，用虚弱但清澈的声音说：

"……太郎啊。你呢，以后一定要好好听爸爸的话。如果你把爸爸的话当耳旁风，那在某个地方守望你们的妈妈我，指定会难过的。要像爸爸一直以来说的一样，不管上课迟到多久，也不能走那条铁道。"

她临终时很安详，开玩笑似的说出这些话，微笑着咽了气。

妻子离世后不久，某天深夜，他将失去母亲的太郎拉到身旁，流着泪约定道：

"……以后千万不能踏入那条铁道。小伙伴经常喊你一起去，你不好开口拒绝，就经常沿着铁道回家，对不对？听好了，这件事绝对不可以做。爸爸也不会踏入那条铁道半步……"

他絮絮叨叨地说个不停。太郎当时只是自顾自抽泣着，但他原本就是个温顺的孩子，打从心底听从父亲的话，点了点头。

从那以后，他还是每天准备早饭，先送太郎出门上学，然后自己收拾妥当，再急匆匆追赶儿子。但这样一来容易迟到，所以他经常抄铁道那条近路去学校。

不过太郎生性温和，谨守母亲的遗言，任凭朋友好说歹说，也不肯靠近那条铁道。每日走泥泞的国道，木屐和布袜都被磨得脏兮兮的。每当他看到太郎这样信守承诺……是我不好。太差劲了。但学校离得又远，工作又忙，就算我会做饭，同时多了母亲的义务和妻子的责任，上班迟到是不得已的事，走那条铁道也是万不得已的选择……他心中每日重复这样的借口，重复着对妻子在天之灵的歉意，以此逃避良心的苛责。

莫非这就是现世报吗？他的不诚实很快就露馅了。他后来回想，那时的事正是爱子惨死的间接……不……直接原因。那起意外给了他非常大的打击。

那是在去年正月的严寒中，刚忙活完妻子去世后的三七祭礼，在第二日……漫想至此，他摆弄正公文包，再次鬼鬼祟祟地环视起四周。

　　望不到头的杂木林遮天蔽日，离林中空地不远处有条小河暗渠，从上穿越而过的铁道仿佛一道干涸的铁锈水流，在枯苇间宛如患沙眼的瞳孔一样闪着微光。他从暗渠上走过，不知不觉就行走在铁道上，却丝毫未曾起疑。他一路追想的昔日记忆，此刻再度与剧烈的头疼相重叠，纷纷扬扬地浮现出来。

　　纷至沓来的记忆中既有纯粹的主观，也有生自想象的客观。包含他人温暖的话语，也交织着他冰冷的正义观念和对自己行动的批判。总之，在他早已疲惫不堪的头脑中，林林总总的印象与记忆的断片残渣有时化作晕染，有时形成特写，制造出叠合、拧绞、切割组合、倒放、特技、蒙太奇的千变万化，仿佛构成主义、未来主义或印象派的画面混作漩涡，渐次变化伸展。是他自身意识不到的手——他自己的手，置他的独生子于惨死境地，使他沦落为真正的孤身一人。为他编织出这种不可抗命运的是一种不可思议的力，而今这种力的作用开始如数学算式的解答般展开。

那是严冬中难得的一个晴天，午后，天气暖和得有些异样。

　　他两三天前得了感冒，那天一早起来头就昏沉沉的，和往常一样在学校留到傍晚，却怎么也没心思工作。因此，放学后过了一个小时，他跟还在工作的校长和同僚一一打了招呼，把学生作业一股脑塞进黑皮包，有气无力地走出校门。

　　出校门向左是白杨林立的大路，国道沿着海岸线画出大大的半圆，直至环抱着他的房子的那座山下。但绕行这条迂回的国道，让他极其不快……不仅仅是因为回程时间变久了，还有近来显著增加的巴士、卡车，以及出入海岸别墅地区的高级轿车后扬起的尘土，要是遇到认识的家长，还不得不寒暄几句，这些都会打断他脑海中浮想联翩的数学冥思，实在叫人难以忍受。

　　相反，出校门向右是条隐没在草丛间的羊肠小道，走不几时就进入小杉木林，来到一处被林荫掩映着的铁道交叉口。从那里沿着铁道走，穿过约莫一里长的高渠，铁轨的弧度开始微有倾斜，笔直通向他家崖下的枯树林中的另一处铁道交叉口，一路上枯木蔽天，不用操心会遇到谁。

他一直有个习惯，每当走出校门口那片杉林，踏上铁道旁的红土路，他就会想到在一里外的山阴的房子中，妻子正在等他回家。即便去年正月妻子已经去世，这一习惯也保留了下来，他丝毫不打算停下这愚蠢的念头。不如说，这是只有他才获准的悲伤的权利。病弱憔悴的妻子勤恳做着家务的身影，还有现在正等他回家的儿子的活泼模样，霎时朦胧浮现于眼前——在山间小屋寂寥鸣响的竹笕前，妻子的眼神里满是要强的神采，淘洗着米，还有等着自己从枯树林间现身的太郎，举起双手喊：

"喂——爸爸——"

太郎烧洗澡水的蒸烟沿着倾斜的山壁向上爬升，被分割得断断续续。他的头脑中描画出水烟的形状、妻子的侧颜、太郎红扑扑的脸蛋，过去与现在层出迭现。可是偶尔地，疾驰如黑风的列车发出阵阵轰鸣，他止步在轨枕上，"啪"地点燃一根"金蝙蝠"牌香烟。

……今天又……在想同样的事情了。无论想多少遍，都是一样的……

　　他横眉冷笑着自己的心，然后描画出恍如幻觉的一己身影，年过四十的鳏夫，外表寒酸，猫着腰步行在四五十米开外的铁轨上……

　　……当然。当然了。只有被独自留下的人，才有这份悲伤的特权，能够沉湎于虚幻的追忆。除了你以外，到处都是对你的苦痛报以冷笑的人……

　　他意欲倾吐的话中带着一种近乎愤慨的夸耀，也有让眼眶湿润的东西。他想象着，为了让全国的小学儿童明白代数与几何的乐趣，他依据自身的宝贵经验，呕心沥血编写的教科书《小学算术》如愿在全国各地推广的那种喜悦：自己教的孩子在县里派来的督学面前，漂亮地解开含有复杂高次方程的四则运算题后露出的天真笑脸……难以形容的喜悦与悲伤交织盈满，他甚至忘记了嘴里叼着的"金蝙蝠"已然熄灭。这样的情况发生过许多回了。

　　"……爸爸……"

　　正在那时，他忽然听到这声传至耳畔的呼唤……

　　"……"

　　他猛地意识到，那一天，他也和往常一样沿着

56

铁道走回来，恰好在长长的高渠正中央的枕木处停下脚步。在他身旁，涂着白漆的信号灯放下白底黑线的木杆，暗示着列车正在驶近，但四下看不见一条人影。只有高高的渠岸左右夹逼着他那副寒碜的身躯，倾斜的冬阳将那高渠照得明晃晃的，透着钢铁色的澄净天空仿佛顺着这条铁道歪斜地没入远方的山背后。

环视着这样的景色，他忽然想起了儿时的体验。

……或许，刚才是我的灵魂在呼唤自己？……那声"爸爸"可能是我听错了……

一瞬间，这样的想法在他脑海中回转，他又忙不迭东张西望起来……然而，当视线落在左侧高渠的顶端一角，他顿时僵在了原地。

压过他头顶的陡峭渠岸的西边，是又高出一截的国道堤岸。那道堤的最前方伫立着一个小小的黑影，正向下张望。但没等他观察多久，那个黑影再次用尖锐的嗓音喊道：

"……爸爸！……"

声音未落，他就像作弊被逮住的学生一样涨红了脸。……"以后千万不能踏入那条铁道。"……他想起自己对儿子的训诫，直打哆嗦的手赶紧把"金蝙蝠"的烟屁股扔掉。他的话堵在喉咙，勉强挤出笑容，但那尖厉的声音又从上方落下。

"……爸爸！……我下去跟你一起走吧！……"

眼看太郎就要麻利地从堤上下来。

"不……你等我上去。"

他狼狈极了，扯着沙哑嗓儿叫喊道，然后一脚跨过铁道旁的横沟，摆弄正沉沉的公文包。峭急的斜坡起码有四十五度，上面铺种着青草，他开始拼命地在那片草坪上攀爬。

这让不惯劳动的他比死还难受。高达十米的陡坡吓得他不敢回头看。他依靠鞋帮坚固的军靴和一只手的力量匍匐攀登，不一会儿，就感到膝头发颤，疲惫不堪。每当他攥紧崖坡上丛生的冷冰冰的草株，右手指尖的触觉就仿佛在迅速消失。他脸上淌满了汗和清鼻涕，呛得难以呼吸，但也顾不上这些，一想到是在孩子面前，他就急着爬坡，一刻都不想耽搁。

……这就是跟孩子说谎的惩罚。不让孩子做，当父母的却偷偷干，所以才会遭这份罪，报应呀……

怀揣着这样难受的、难堪的、苦闷的想法，他连抬头看的工夫都没有，一心扒住斜面向上爬。有两三回，他累极了，脚腕无力地耷拉着，反复把军靴踩实，全身像草一样靡倒，又骨碌碌翻转起来。一刹那，他好像远远俯瞰到，呈"大"字摔落在铁道上的自己的尸体，不由得一直拘挛到灵魂深处。尽管如此，他还是拼命努力站稳，摆弄正重要的公文包。

"危险！爸爸……爸爸……"

太郎喊叫的声音从头顶传来……

……等爬上这道堤，要一把抱住太郎。好好跟他道歉……回到家，还要在妻子的牌位前谢罪……

他一边胡思乱想着，一边在这处斜坡地狱上爬行……然而……在平坦、坚固、铺满砂石的国道上，和儿子并肩走在一起……他意识到自己连说这种蠢话的气力也耗尽了。日薄西山，他兀立凝视着所有的意识破碎在心悸的巨浪和呼吸的风暴中，混杂为漩涡，旋即吹散。这当儿，他感到眼前的薄黄色光芒中似有无数明灭的灰斑，悠悠荡荡，闪烁夺目。当他终于恢复了清醒，把公文包递给太郎，像幽灵般踉踉跄跄迈出步子的时候，仍然心有余悸……浸透全身的汗冷了下来，一股恶寒爬上他的背脊……

他回到山中小屋，把什么事都丢给太郎，自己径直上床睡觉了。当晚，他发了四十度以上的高烧，严重的肺炎令他痛苦喘息，连续几日意识蒙眬，如在梦中。

他记得，不知在那似梦非梦的第几日，同僚桥本教员神色慌张地来过一趟。之后，赶来的巡警、医生、村长、区长，以及附近的村民异常紧张的表情，在他的记忆中清晰得不可思议。人们来是为了通知太郎的死讯……

"让重病的人看尸体，真的好吗？"

"告诉他的话，只会让他病得更重吧。"

他们站在昏暗的外间角落说的悄悄话，也被他听得一清二楚。可他既没有惊讶，也不悲伤。大概因为高烧使他的意识陷入昏迷状态，像做梦一样……

……是这样啊……太郎死了啊……我也要一起去那个世界了吧……

他并未感到悲伤，只有温吞的眼泪扑簌簌地流个不止。

那以后的另一天……他也不知道究竟是哪一天，微微张开双眼，听见枕边有女人嗫嚅私语般的谈话声。

瓶装地狱

恰好灯芯所剩无几，让他不确定这里是不是自己家，但想来，多半是村里近邻的女掌柜之类的人，被嘱咐来照料他的。

"……真的。孩子就在那条沟渠正中间的信号灯下被……"

"唉……肯定是担心爸爸的病情……大家不是都说嘛，他瞒着老师，抄铁路的近道回家……"

"……唉，太可怜了……在那样风雨交加的天儿。"

"说的是啊。当爹的没见孩子最后一面，尸体就被拉去火化了……"

"怎么会这样悲惨……"

"是啊……老师昏睡这些日子，都是在学校帮佣的老婆婆每天给孩子做饭吃。她总是长吁短叹，说要是能替孩子死该多好，好像死的是自己的孙子一样……"

其后只能听见抽抽噎噎的啜泣声，但他没有在意。因为他没有力气去理解那些话语的意义，依旧处于昏昏默默之中。

"桥本老师说，当爹的还不如就此死去，也许是更幸福的……"

这些窃窃私语有意无意流进他的耳朵……听着对自己的死亡的告知,他张大嘴巴,眨巴着眼睛,对着人们的脸微笑了起来……

但不久后,高烧竟奇迹般地退了,他一时间陷入失神的状态。即便和尚来家中诵经,他也一脸茫昧地坐在檐廊上,妻子娘家送来的慰问品豆乳,他也一瓶都没喝。唯独去学校这件事他没有忘记,等到体力一有恢复,他也不事先打招呼,就抱起黑色公文包到学校上课去了。

教员办公室里的众人都大吃一惊。他病得简直变了个人,憔悴不堪,生出许多白发,斑白的胡子长得乱蓬蓬的。同事们按捺不住,朝他投去一瞥,彼此交换眼色。桥本老师头一个起身跑了过来,两手按在他肩上,略带哽咽地说道:

"……您……您这是怎么了?……振……振作一点。"

校长眨巴着眼,从椅子上站起身,凑到他身旁:

"你就好好在家休息吧。不仅我们和教务科的同人,连家长们也都十分同情你的遭遇……"

校长像在耐心教导孩子一样抚拍他的后背，但他丝毫不领受这种亲切和同情。厚厚的眼镜下，他那双白眼毫无顾忌地扫视了一圈教室内，刚在自己的椅子上坐下，就把顶他空缺的年轻教员叫来交接工作，然后开始缓缓讲课。学生都被落魄得像乞丐似的老师惊得说不出话。

午后，办公室同事目送他的眼神似乎都在说"不要勉强"。他出校门后向右拐，也不在意学生们的目光，径直走向那条铁道……又在重复从前的记忆……描画着隐蔽林间的小屋里正等待自己归来的妻子的身影……

自此，他日复一日地重复着往昔的习惯，但只有一件事与以前不大一样了。当他走出学校不远，来到立在沟渠正当中的白色信号灯下时，总要习惯性地止住脚步，怔怔地望上半晌。

他四下凝望，似乎想要找出儿子被轧死的遗痕，但经过不知多少场风雨的冲洗，早就难以发现任何形迹。

即使如此，他每日每日也仍像机械一样循环往复，伫候在同一地点，翻来覆去地环视着同样的地方。

回家后，他躺在被窝里也能清晰地记忆起：那里横卧的几根轨枕上的木纹和节孔、重叠的一粒粒沙、道旁生长的矮草，甚至还有野蔷薇的长势。无论他在思索什么事情，只要走到信号灯下，便会无意识地站定，不仔细观察一圈，就无法前进哪怕一步……为什么会发怔地站在那里呢？他自己也不清楚，心情却变得阴暗、潮湿，即便对石块的形状、枕木的切口、轨条的间距早已了如指掌，也必须一一检查才放心得下。

也正是在他惝恍之间，清楚地听到了一声：

"爸爸。"

这使得他像全身通电一样猛地缩脖子。他下意识地闭上眼，蹙缩着僵硬的肩膀，过了一会儿才平静下来，张开双眼，怯生生地抬头望向左侧的高处。他预想着，在萧瑟受霜的枯草覆盖的红土坡上，伫立着小小的黑色人影……

但如今在他眼前展开的是另一幅全然不同于预想的光景。沟渠内侧，渺无边际的草木焕发出燃烧般的新绿，在翠影掩映下，色彩斑斓的春花在左右巨大的堤岸上成簇绽放，流漾着绵延的光彩。在铁路对面，山围拢遮挡住了自己的家屋，散布在斜壁上的山樱交叠出纤白之色。晴朗静谧的青空中，白云朦胧发亮，微微透着深红色的幻觉，远近啼鸣相应的云雀、黄眉鹀的叫声也很柔和。

……那里头听不到我儿子的声音……哪里的隐蔽处都找不到太郎的身影……始料不及的眩晕袭来，在这满目绚丽的世界正中，他发现了孤独一人的他自己，仍是昔日那副寒碜的模样……

……他那时发出了什么样的奇妙声音泪流不止？……哭成泪人、神志不清的他，如何从铁道蹒跚走回了山中小屋？……一回到家的他，又是怎样爬到供奉于柜橱中的亡妻牌位前，在地上辗转反侧，号啕大哭？……尽情哭泣的他，又是怎样不停认错，认错后又不断怄哭的？……少顷，他稍稍恢复清醒。在这既无见者，也无听者的家中，他意识到自己的样子有多么难看，不仅没有丝毫羞耻，反而仿佛更想羞辱、苛责他自己……他抱紧白木牌位，又是如何在脸颊上贴蹭，亲吻，悲痛叹息呢……

"……啊啊……喜世子……喜世子……是我不好。都是我的错。原谅我……请你原谅我……啊啊……太郎，太郎，是爸爸……是爸爸错了……不会……爸爸再也不会走那条铁道了……不会了……吗……原谅我……求求你原谅我……"

他就这样反反复复地喊叫着，直到声音枯涸吗……

他依旧沿着结霜的铁道穿过枯叶林，自己那时的身影历历现于眼前。他感到眼睑内侧变得热烫，难以形容的窒息感从喉咙、鼻孔深处往上涌……

"……啊，哈，哈……"

突然从脚底传来的笑声吓得他跳起老高。他不禁跑开三两步，却又诧异地站住，向上捋了把汗涔涔的额头，非常急切地张望铁道的前后方。当然，没有人躺在那里。覆着薄霜的枕木与潮湿的铁轨向前延伸，在白霜盖落的石砾堆上重合。

他左右两边犹自立着深不见尽头的枯叶林，灰色树梢在曛黄的日光中颇显迷离。由此间向前再走一会儿，就是视野开阔的高渠上的铁道。接着，他发现了正伫立在白色标牌前的他自己。

"……糟了……"

他口中念念有词……明明已经在灵牌前发过誓

的……不妙……他内心犯起嘀咕。但他发现已经来不及挽回，索性咬紧牙关，闭上了眼睛。

而后，他单手扶住额头，试图回过身向后走。他追着一路走来的铁道光景，以及至今日为止的种种思考，逆行追溯，焦躁地想起了开端：自从向亡妻立下重誓，已经过去将近一年，唯独今天早上，无端打破了誓言。但这仿佛已是十年前的往事，不知从遥远的何处，向他的记忆走来……什么时候把帽子反过来戴了？……改用右手拿皮包？……他都想不起来了，只是按从前的习惯，不停摆弄着公文包，沿着铁道一直走到了这里……然而，他觉得在脚下冷冷发笑的东西似乎对他知之甚详，所以他战战兢兢地踩着背后的枕木，一根、一根地折返回去。不一会儿，距离他所在之处第四、第五根古旧的枕木承受不住他的体重，一头猛地倾陷入砂石中，另一头向上翘起，与铁轨下沿相互摩擦……发出了嘎吱的声响……

他一下明白了，这就是笑声的真面目，不由舒了一口气，精神也松弛下来。方才还惊恐得寒毛倒竖，浑身起满鸡皮疙瘩的他，像是要抚平情绪似的耸了耸肩，把黑色公文包左右倒手了两三回，揉了揉快要冻裂的耳朵。他摸着被鼻息凝结的水沾湿的斑白胡子，正了正大衣领子，再度匆匆向学校赶去。"平时在铁路交叉口看见的运煤火车，该来了……"他无数次这么想着回头望向身后……

终于，他仿佛摆脱了迄今的悲惨记忆，一边走，一边思考起心爱的数学，一头扎进了最幸福的数学冥想之中。

在他眼中，脚下渐次出现的铁道枕木之间的石砾堆，呈现出他遗忘许久的、曾做过证明的概率函数的特征。他频频设想，把枕木与铁轨摩擦的振动当作人的笑声，这种错觉也应该套用数学解释。虽然是极其常见的现象，甚至连思考它也显得愚蠢——那不过是枕木简单振动的声波传入人的鼓膜，经由脑髓反射传导至全身神经，激得肌肤起了鸡皮疙瘩，热爱数学的他竟以为是难以捉摸的神秘现象，这让他大动肝火。如果人与火车迎面相对，会像被蛇魅惑的青蛙一样动弹不得，就这么被碾轧而死，想必这也是脑髓制造的神秘现象，但是……脑髓的反射作用与意识作用之间，究竟有什么样的数学差别呢……

……突然……他的眼前飞也似的扫过什么白色

的东西，他不由得睁大眼睛……他疑惑地想，也许是白蝴蝶……但是，他并未再看到像蝴蝶一样愚蠢、惨白的东西。

他沿着铁道，爬上了视野极好的高坡。

视线的远方，笔直的国道与铁路横亘并行，还有参差错落的村舍。尽管都是平日见惯的风景，但不知为何，今朝的风景仿佛掺进了数学思考的异常闪回。风景中的房屋、树木、旱田、电线杆都变成了数学符号……$\sqrt{\ }$、$=$、0、∞、KLM、xyz、$\alpha\beta\gamma$、$\theta\omega$、π……如同三角函数展开……如同高次方程求根时的复杂分数……薄黄色的云下升起神秘的光晕，放射出无尽的光辉，蕴含着无穷多不可名状的虚数、无理数、循环小数……

他直观感觉到，包围他的山野是埋藏有一切不合理与矛盾的公式和方程式。一切都在无言嘲弄着、威胁着他，压迫得他垂头丧气，颓丧地再次迈出步子。仿佛是在反抗这非数理化的环境，他开始忖思道：

……我从小就是数学天才。

……现在也是如此。

……所以我成了教育家。现今的教育方式应该迎来一场大革命……必须开发儿童头脑中的数学天才，使之为社会服务……

……但现在的教育方式是做不到的。完全行不通。现在的教育方式抹杀了所有人的个性，更不允许独尊数学。

……至今为止，有多少数学家还没发现自己的天分，就被埋葬于黑暗之中。

……我一直与这种教育方式战斗，为世间培育出许多数学家的胚子。

……太郎就是这样的胚子。

……太郎是个温柔的、不爱讲话的好孩子，在我的教导下，他的数学天赋茁壮发展。他不仅已经理解初等的代数与几何，甚至能凭一己之力计算 log……他拿我用来卷"金蝙蝠"香烟的银纸做成小球，比较质量和直径，在坐标纸上画出点的曲线轨迹。我还记得，他发现直径的三次幂与质量成正比时的喜悦，眯起眼睛，脸颊通红，抖动着小鼻头，还有那伟大而锃亮的额头……

……但我不准太郎在外人面前显露数学才能，也没让学校的同事知道。不然，视学官[1]指定会气涨面皮，说什么"别干多余的事"。

……视学官懂什么？那些家伙根本不是教育家，只不过是群业务员罢了。

……对吧？太郎。

……他们的数学只够算清学生老师人数、寒暑假车补、自己的薪水而已。哈哈哈……

……爸爸我是知道的。你有成为大数学家的资质……有不输爱因斯坦的聪明脑瓜……

……但你自己对此一无所知。因为爸爸没有讲给你听……所以你也不会觉得遗憾吧？死前一心想着爸爸，却没顾得上自己……

……但是……但……

想到这里，他突然停下脚步。

……但是……但……

他再也无法继续思考下去，两只脚摆齐在枕木上。他目不转睛地透过眼球的背面，凝视着骤然停止

---

1 视学官，日本旧制的教育行政官员，负责视察学事、监督教员。

运转的虚无的脑髓……

疲惫停工的脑髓濒于晦暗的静寂，拥抱在头盖骨的空洞制造出的无限时间与空间之中。无法运作的自我意识陷入无尽的休止，无论怎样也不得继续思考……

他仿佛被封存于黑暗的地底，两只眼睛极力地睁大。如同被不断刺扎眼睑、眼球被整颗剥了出来一般，从瞳孔上方隐约射入白光，于是，他的眼前渐渐亮了起来。

眼前是似曾相识的铁轨焊口、带节孔的枕木，以及下方喷薄起伏的沾满白土的沙砾堆。

那里一定就是太郎被轧死的地方。

他徐徐睁开眼，仰望矗立在一旁的白色信号灯柱，绘有黑线条的白色横木四十五度倾斜，上方是泛着钢铁光泽的青空。脚下的沙堆饱吸了儿子的血，他一颗、一颗地凝视着沙砾间的阴影。阴影中冒出了长鬃蓼的花，他专心俯视着比鲜血更红的茎条的弯曲形状。

……但是……但……

说着，运转停滞的脑髓仍拥抱着无限的时空，他焦急地忍受着从头上压过的东西……远方响起紧急汽笛的尖啸，他如梦似醒地意识到，那声音逐渐从背后逼近……

……但是……但……

想着，他用右手紧紧按住额头。

……但是……但……

……我迄今想过的事情不都是梦吗？喜世子的死也，儿子被轧死的惨剧也……或许，迄今各种各样的想法都只是扰乱大脑的幻觉……只是神经衰弱意外引发的一种幻视……

……不……没错。没错。是幻视。幻视……

……我催眠了自己，然后一直在考虑这些无聊的事情。因为我的神经衰弱近来愈发严重，自我暗示的力量愈发强烈，所以才会妄想出这些惨剧……

……什么嘛……不是什么都没发生吗？……

妻子喜世子、儿子太郎都还活得好好的。太郎早就去上学了，喜世子还是那个喜世子，现在正为我的书桌掸灰呢。案头摆着那本重要的《小学算术》的书桌……

……啊哈哈哈哈哈哈……

……不成……被这种无聊的妄想囚禁，我也许会发疯……

……啊哈……啊哈……啊哈……

他想着想着，心情轻快，不禁莞尔微笑，仍然倾斜着上半身，在铁道上踱起步来。未承想，他感到背后突然有股非常大的力量……呜哇……仿佛被狠狠推了一把，没有任何痛苦，倒在方才凝视的沙砾堆上，但一瞬间，他认出了无声转动的漆黑车轮，以及重叠闪烁的红光织就的条纹……想来想去，后脑开始像针扎一样，眼前的景象迅速暗淡，他尝试了两三次大幅度地眨巴眼睛。

……爸爸。爸爸。爸爸。爸爸。爸爸……

太郎的呼唤声越来越近，传至耳畔，穿透鼓膜的底部，渗透周身，却又遽然消失。然而，他一听到那声音，就安心地阖上双眼，颓丧地把脸埋进双手间的沙砾中。随后，那张脸略微转动，微笑着露出白牙：

"……什么嘛……是你呀？……啊哈……啊哈……啊哈……"

瓶装地狱

海洋研究所　公启

拜呈

　　祝贵所事业蓬勃发展，奉申贺敬。贵所先前所下通令已告谕岛民，凡有拾得火漆封口的啤酒瓶者，皆须上报，以作洋流研究之用。近日，本岛南岸发现三只树脂封蜡的漂流瓶（见随函包裹），特此呈报。三瓶相隔约半里[1]或一里有余，或埋于沙滩中，或夹于岩石缝隙间，疑似漂流至此已久。瓶中内容并非贵所所示的官制便笺，似为杂记簿的残页，故未能查明漂流至岸的日期。三瓶已封装呈送，同村费一并敬奉，以供参考。待候贵所明察，乞赐兰言。

1　里，指日里，日本距离单位，不同时代长度不一。（1891 年规定 1 里等于 3.927 千米）

第一只瓶的内容

致父亲大人、母亲大人、诸位：

啊啊……救援船，终于朝这座孤岛驶来了。

竖着两根烟囱的巨轮放下了两艘小艇，行驶在汹涌的波涛间。巨轮上张望的人群中，我认出了令人怀念的面影，是我们的父亲大人和母亲大人。然后……噢……两人在朝我们挥舞白手绢，从这边看得一清二楚。

父亲大人、母亲大人一定是看到了我们早前扔进大海的啤酒瓶中的信，来搭救我们的。

巨轮喷吐白烟，高亢的鸣笛声传来，仿佛在说现在就去救你们……那声响惊得这座小岛上的禽鸟昆虫一时齐飞，消失在远方的大海。

但是，对于我们俩来说，那是比末日审判的号角更加恐怖的声响。仿佛天地在我们面前崩裂，上帝之眼的光辉与地狱的火焰同时闪耀。

啊啊。手颤抖个不停，我心中仓皇不安，没法再写下去。眼眶里满是泪水，我什么都看不见了。

现在，我们俩登上了轮船正对面的悬崖，好让父亲大人、母亲大人和赶来救援的水手们都看清楚。我们将会紧紧相拥，纵身坠入深渊。如此一来，不用多久，附近游荡的鲨鱼就会吃掉我们。在那之后，小艇上的人想必会发现装有这封信的漂流瓶。

啊啊。父亲大人。母亲大人。对不起。对不起。对不起。请当作从来没有过我们这两个孩子吧。

对于从遥远的故乡专程前来营救的诸位，我们深感愧疚，竟做出了那种事情，恳请你们原谅。被父亲大人、母亲大人拥入怀中，回归人类世界的喜悦时刻到来之际，我们将不得不死去。请矜恤我们不幸的命运。

如果不这么惩罚肉体与灵魂，就无法抵偿我们犯下的罪孽。这是在这座孤岛上犯下可怕恶行的我二人的报应。

请接受我们由衷的忏悔。因为我们是甚至不配充当鲨鱼饵食的愚人……

啊啊。再见吧。

上帝和世人都无法拯救的

可悲的两人

第二只瓶的内容

啊啊。洞察隐微的上帝啊。

难道除了死亡，别无其他使我从这场苦难中获救的道路吗？

我独自登上那座被我们叫作"上帝的脚凳"的悬崖，底下时常游弋着两三条鲨鱼。我不知多少次俯视那片无底深渊，也不知多少次想要一跃而下。但是，一想到可怜的绫子，我就只能深深叹息，深得仿佛会磨灭灵魂，然后从那岩角走下。因为我很清楚如果我死了，绫子一定会随我而去。

*

划艇上随行的乳母夫妇、船长先生、水手先生都被海浪卷走了，只有我和绫子两个人，漂流到了这座小小的孤岛。自那以后，已经过了多少年呢？这座岛四季如夏，连何时是圣诞节、何时是新年都搞不清，但我想已经有十年了。

那时我们带的东西只有一根铅笔、小刀、一册笔记本、一个放大镜、装水的三只啤酒瓶、一本袖珍《新约圣经》……仅此而已。

但是，我们很幸福。

这座郁郁葱葱的小岛上，除了偶然出现的大蚂蚁，没有任何禽兽和昆虫足以成为我们的忧患。岛上有鹩哥、鹦鹉、只在画里见过的极乐鸟、闻所未闻的绚丽蝴蝶、姹紫嫣红的硕大花朵、香气四溢的芳草。对十一岁的我和刚刚七岁的绫子而言，还有堆积如山的丰富食物，一年四季随处可见美味的椰子、菠萝、香蕉和大大小小的鸟蛋。只要用木棒敲打，就能抓到吃不完的鸟和鱼。

我们收集来这些食材，用放大镜透过阳光点燃枯草，然后用浮木燃起篝火，烤熟食物吃。

过了几天，我发现小岛东面的岬角和岩礁间有一眼清泉，每当退潮时就会涌流，因此，我们在那附近沙滩的岩石间，用毁损的划艇搭建了一间小屋，铺上柔软的枯草，好让绫子和我有地方睡觉。之后，我用划艇上的旧钉子在小屋旁的岩壁上凿出四方形空间，当作小仓库使用。后来，外衣和贴身衣物在风吹雨打，以及岩石的刮扯下变得破烂不堪，我们俩如同野蛮人一样赤身裸体。即便如此，我们晨昏都要登上"上帝的脚凳"，诵读《圣经》，为父亲大人和母亲大人祈祷。

我们把写给父亲大人和母亲大人的信装进珍贵的啤酒瓶中，用树脂牢固地封住瓶口，亲吻了一遍又一遍才扔进大海。那只啤酒瓶随着环岛的潮流，很快漂往大海的彼端，再也没有漂回这座岛。为了向过路船只求救，我们在"上帝的脚凳"的最高处竖起长长的木棍，四时挂饰常青木叶。

我们有时也会争吵，但很快就会恢复和睦，玩起学校过家家的游戏。我经常让绫子当学生，教她习字和《圣经》的经文。我们俩将《圣经》视为上帝、父亲大人、母亲大人、老师，供奉在岩穴里最高的架子上，远比放大镜和啤酒瓶更重要。我们过得幸福而安乐，这座岛宛如天国。

*

在这样一座与世隔绝的岛上，若有恐怖的恶魔潜入这幸福的二人世界，该怎么办呢？

但是，恶魔已经悄然而来。

不知从何时起，我惊讶地发现，随着岁月流逝，绫子的肉体竟奇迹般出落得美丽娇艳。有时如花妖般明丽照人，有时又如恶魔般令人神魂颠倒……看着她的姿容，我不知为何意识恍惚，悲从中来。

"哥哥……"

每当绫子闪着不含一丝罪秽的眼眸，边呼唤我，边扑到我的肩头，我的胸中都会涌现出一种迄今为止从未有过的情感。就这样，我忧虑着自己的心陷入沉沦，无数次畏惧着、战栗着。

但是，没过多久，绫子的态度不知何时起也发生了转变。果然她和我一样，也变得不同以往了……她常常用那双噙满泪水的眼睛，含情脉脉地望着我。偶然的肢体接触也会让她感到羞愧、悲哀。

我们俩也不再吵架了，反而整日满面愁容，不时轻轻叹息，因为两个人置身孤岛的生活有着难以言喻的痛苦、喜悦和寂寞。不仅如此，每当我们彼此对视的时候，眼前仿佛就会顷刻降下一片死荫。接着，不知是上帝的启示，还是恶魔的戏弄，随着一阵惊悸，怦然跳动的心总能使我清醒过来。这样的事一日之内会发生很多回。

尽管我们俩都明白对方心中所想，也还是恐惧上帝的责罚，始终没有说出口。做出那种事后，如果救援的船只到了，那该如何是好……我们因这样的忧虑而默不作声，却又心照不宣。

但是，在一个静谧晴朗的午后，我们饱餐了一顿烤海龟蛋，在沙滩上伸直双腿，眺望着远海上空的悠悠白云，绫子说：

"哎，哥哥，要是我们俩中的一个人生病死掉了，以后该怎么办？"

绫子说着，俯下通红的脸颊，潸然的泪水掉落在滚烫的沙滩上，无言地露出了悲哀的笑颜。

*

那时的我是什么样的表情呢，我不知道。只是痛

瓶装地狱

苦得想死，胸中轰鸣，好像要开裂似的，却像个哑巴一样站起身，丢下绫子缓缓离开了。然后我去了"上帝的脚凳"，扯着自己的头发，跪倒在地上。

"啊啊，天上的父啊！

"绫子她什么都不懂，所以才对我说出那种话。不要惩罚这名处女。请永远、永远守护她的清净。然后我也……

"啊啊，但是……但是……

"上帝啊！我该怎么做才好？怎样才能从这场苦难中获救？我活着就会让绫子蒙受这无边的罪恶。但我要是死了，就会带给绫子更加沉重的悲哀和痛苦。啊啊，该怎么做？我……

"上帝啊……

"我的头发沾满沙子，我的腹部抵在岩石上。如果我求死的愿望符合您的心意，就请立刻将我的生命交付给燃烧的闪电吧。

"啊啊。洞察隐微的上帝啊。请让我尊崇您的圣名。请在这大地上降下神迹吧……"

然而，神没有赐下任何指示。青空中唯有如丝的流云，白得发亮……悬崖下，深蓝的海浪喧嚣不止，形成白色的漩涡，不时还能看到游弋作乐的鲨鱼的尾巴和鱼鳍一闪而过。

久久望着这片碧蓝无底的深渊，我忽然感到一阵眩晕。身体跟跟跄跄，眼看就要坠入那碎浪的浮沫之中，幸好及时在悬崖边站定……我赶忙跳回悬崖的最高处。木棍还立在崖顶，我一把拽下木棍顶端系着的枯萎的椰子叶，丢进眼前的万丈深渊。

"这就好了。这样就算有救援船来，也会径直开走的。"

这样想着，我不禁笑得前仰后合，仿佛被留下的孤狼般冲下悬崖，跑回小屋，拿起《圣经》，翻到《诗篇》，摊在烤海龟蛋剩下的木柴上，朝上面扔进枯草，让火势更旺。然后，我扯着嗓子呼喊绫子的名字，跑向沙滩，四处张望……但……

只见绫子跪在长长凸向大海的岬角巨岩上，仰望长空，正在虔敬祈祷。

*

我摇摇晃晃地走到离她身后两三步远。被汹涌波涛包围的紫色巨岩上，夕阳余晖之中，处女的背宛若鲜血淋漓般闪耀着，无比神圣……

潮水迅猛袭来，漂洗着膝下的海藻，但这丝毫不能令她分心。那沐浴在黄金色海浪中一心祈祷的身影是那么崇高……耀眼……

我的身体僵硬得像石头，怔怔地凝望着她。但是，我忽然间明白了绫子的决心，猛地跳上岩石，不顾一切地飞奔过去，被遍布贝壳的岩礁划得伤痕累累，终于爬上了岬角的巨岩。我浑身是血，紧紧抱住发疯般挣扎哭喊的绫子，回到了小屋。

但是，我们的小屋已经不存在了，随着《圣经》和枯草一同化作白烟，飘向青空的遥远彼方。

*

从那以后，我们两人的肉体与灵魂都被逐入真正的幽暗，只余下不分昼夜的哀哭和悔恨。相互拥抱、安慰、鼓励、祈祷、悲伤都变得愚蠢，我们再也无法躺在一起睡觉了。

这大概是对我烧掉《圣经》的惩罚吧。

入夜后,星光、浪声、虫鸣、风吹树叶的沙沙声、果实落地的动静,无不在嗫嚅着《圣经》的词句,将我们二人包围,并一步一步逼近。而我们一动不敢动,甚至不敢打盹,它们仿佛是来窥视不敢靠近彼此的我们那苦闷的心。

　　漫长的黑夜终于逝去,到来的是同样漫长的白昼。照耀整座岛屿的太阳、唱歌的鹦鹉、飞舞的极乐鸟、吉丁虫、飞蛾、椰子、菠萝、花的色彩、草的芳香、海、云、风、彩虹,一切都与绫子光彩照人的身姿、令人窒息的体香混合在一起,转动着闪耀的漩涡,从四面八方向我袭来,想要将我裹住、杀死。与此同时,和我承受着相同痛苦的绫子,用她那包藏着上帝悲悯与恶魔笑意的眼瞳,一直、一直、定定地盯着我。

*

　　铅笔快要写完了,没法再写得很长了。

　　我们经受了这般虐遇和迫害,却仍畏惧上帝的禁罚。我要将这份真心封存在漂流瓶中,扔进大海。

　　趁还未输给恶魔的诱惑之时……

至少，趁两人的肉体还保持清净之时……

*

啊啊，上帝啊……尽管承受着如此苦痛，我们却从未生过病，甚至一日比一日胖，愈发健朗、美丽。被这座岛的清风、水、丰饶的食物、美丽的花、欢快的鸟儿庇护……

啊啊，这是何等恐怖的苛责啊！这座美丽欢乐的岛是真正的地狱。

上帝，上帝啊，您为何还不肯屠杀我们二人？……

——太郎记……

第三只瓶的内容

父 qin daren[1]。母 qin daren。Women 兄 mei，hen

---

1 第三封瓶中信的原文以日语片假名表记，仅有"父""母""兄""市川太郎"为日语汉字。在日语中，汉字通常被视为衡量文章书写能力的标准，日本儿童先习假名，后习汉字。故而此处试以汉语拼音代替。

yaohao，hen jiankang，zai zhezuodao shang shenghuo。
Kuai lai jiu women。

市川太郎

Shichuan lingzi

S岬西洋妇人绞杀事件

有人希望我写一桩案件实录，须是法医题材的侦探故事，而且要带几分残忍意味。不过很遗憾，我在此记述的事件，在下述三点上都与卷宗记录、作者笔记有出入：

一、该事件发生地的地形、所涉地名和人名

二、机密事项的内容

三、法医的活动范围

从这种意义上说，这篇稿件没有资格被称为案件实录。但倒也不是不可以通融，反正这三点只是次要问题。我想，将它们隐去或者易名，并不会遮掩事件的全貌，不仅不会妨碍我们揭示真实经过，误将无聊的谜题视为诡怪难解之事，反而有助于我们更清晰地理解这起事件。另外，将这三点伪装或化装起来的做法，也许会引起一部分记得事件真相之人的不快，但我不得不这么做。至于理由，等你读罢，想必也会认同我。

R市的S岬是面朝日本海的一处风光明媚的名胜。与R市隔海相望、约距一里半的对岸，狭长的半岛上堆起了一座赤土山，山腰的松海间星星点点散布着西洋人与日本人的别墅。而在伸向内海的海角地带，繁茂苍翠的圆松林中，是R市某石油公司老板、作为"爱妻家"几度登报的J.P.罗斯科的宅邸。这是一座建有游廊的平屋建筑，外观雅致。若从R市眺望，这幢涂着青蓝油漆的别墅与约三百米外红屋顶的伦陀疗养院相映成趣。然而，J.P.罗斯科心爱的夫人、年方二十四的美人玛丽·罗斯科，于大正×年的八月二十×日星期六的深夜，在卧室中被人绞杀了，且尸体有被施暴的痕迹。奇怪的是，与此同时，住得离宅邸不远的罗斯科家的厨师兼用人东作老人，喝得酩酊大醉，在距宅邸二百米远的半岛尖角、邻外海侧的低矮岩山顶的草原上呼呼大睡……这就是整起事件的开端。

那个星期六晚上，"爱妻家"罗斯科在公司通宵工作，第二日清晨早早赶回家，却远远看见玄关门虚掩着。他清楚地记得昨晚自己上了锁的。他急忙走进家门，一眼看到被绞死的玛丽夫人面目全非的尸体，吓得落荒而逃，昏倒在内海海边。恰好有两个县厅公务员来钓虾虎鱼，发现了不省人事的罗斯科，便将他送到附近的伦陀医院。在院长的急救下，罗斯科终于恢复了意识，他似乎是西方人中天性多愁善感的那种，勉强描述完事情经过后，就像个痴呆患者似的涕泪横流，边号哭边喊着"玛丽、玛丽"，含糊得听不清他在说什么。

于是，院长迅速命他唯一的助手弓削医学学士去察看罗斯科家的情况。这位弓削医学学士在清闲的伦陀医院担任助手，是侦探小说的忠实读者。因此，旺盛的好奇心驱使他闯入罗斯科家的卧室，发现了夫人惨死的尸体，但他没有触碰尸体。他径直从浴室旁穿过，来到里面的用人房，没有发现只知道长相和名字的东作老汉的踪影。他觉得蹊跷，便调查起现场周边的状况，却发现联系东作寝室的呼铃，以及连通 S 市的电话线都被切断了。

这更煽起了弓削医学学士的好奇心。在不遗余力的探查下，他在 S 岬尖端的岩山上意外发现了东作老汉，后者躺成大字形，呼呼大睡。他把老人摇醒，把他带到了伦陀医院，候在虚弱得刚刚睡下的罗斯科身旁。因此，东作老汉没有见过玛丽夫人的尸体，甚至可能还不知道她已经死亡……这就是伦陀医院在电话中向 R 市警方汇报的第一件事。

没过多久，蒲生检察官、市川预审法官，以及 R 市的警察司法主任（警部）、巡查、刑警、法医、书记等一行人，就从对岸 R 市乘坐水上警察署的汽艇抵达了现场。他们首先派出一名刑警前往伦陀医院监视罗斯科和东作老人的动静，然后开始着手调查玛丽夫人的尸体。作为西洋女人，玛丽夫人身材娇小，丰满圆润，是个洋溢着南欧风情、充满肉感的美人。她看起来约有二十岁，脖子上缠着一根从枕边的台灯拉过来的黑色橡胶电线，缠绕了许多圈，凌乱的金黄色卷发披散在脸上，露出两只圆睁的蓝眼睛，惨白的嘴

瓶装地狱

唇中吐出一个红黑色血块，耷拉在腮帮子上，而蓝色的薄绢睡衣被褪至胸前，双手伸向虚空，好像在试图攥住什么，她就在这样的状态下气绝而亡。死相之凄惨让人目不忍视，也难怪罗斯科先生只看了一眼就吓得晕倒了。法医很快就发现，玛丽夫人显然是被电灯软线勒死的，尸体上有激烈搏斗的痕迹，舌头也从中间被咬断成两截。

另外，死者身穿淡蓝色睡衣，衣物的肘关节部、肩部及臀部的正后方都被撕破了，这表明死者生前经历了一番恶斗，但更让警官们吃惊的是玛丽夫人的肉体。那是西洋人罕有的细嫩肌肤，从她雪白的背部到双臂和臀部上，遍布着扭曲的蔷薇、百合、云彩与星。对于一个年轻的、性格怯懦的西洋女人来说，文上如此多的刺青，需要何等的坚韧和忍耐力，只是想一想，就直叫人毛骨悚然。

看见这一身刺青，警官们似乎对这起事件产生了一种前所未有的、异样的紧张感，比平日搜查得更卖力，结果，耐人寻味的事实相继浮出水面。

警方在检查钥匙孔后发现，犯人从露台正下方的厚板窗潜入罗斯科宅邸，用最精巧的专业犯罪工具——也就是俗称的万能钥匙打开了窗户。之后，犯人推开了面向玄关内侧的那扇没有上锁的门，径直闯入玛丽夫人的寝室，一番搏斗后将其勒死在床上，但不曾抢夺任何财物就逃走了……警方不费吹灰之力就确认了上述情况，但难点在于，犯人逃出宅邸后的行动完全没有线索。

罗斯科家周围是片松树林，砂质的红土中布满露出头的圆石，石上并未长出多少青苔。这意味着无论是穿鞋还是赤脚走过，都不会留下脚印。然而，除了绵延至岬角的岩山以外，满是石头的松林附近都是美丽的白色石英砂海滩，因此，除非犯人沿着岩山穿过松林，并且沿原路返回，否则就应该在松林周围的海滩上留下足迹。但海滩上发现的两组脚印，一组属于从对岸 R 市沿着海岸线走来的两个钓虾虎鱼的男人，另一组是罗斯科先生从郊外电车站沿着海岸走回家时，以及目睹玛丽夫人的尸体后大惊失色，逃到海边时留下的。这么看来，犯人若是趁着夜色走海路，那么，他必须游泳或划船而来，再翻越岬角的岩山，才能潜入宅邸。除非他对这附近的地势了如指掌，且深谙潮汐的时间及势头，不然很难想象这种无谋的冒

瓶装地狱

险之举有几分成功概率。不仅如此，案件的奇诡之处还在于，当晚岩山上还睡着一个罗斯科家的用人东作老汉，尽管他醉得不省人事。即使推测东作是犯人，也还有不合情理之处。

就在警方讨论研究的时候，正午过后不久，宅邸游廊中又接连出现了新的异样，让警官们大惑不解。

首先是气派非凡的浴室，位于玄关的尽头，与厨房相邻。警官用在玛丽夫人床底发现的一串钥匙才好不容易打开了它。浴室约有十平方米，是相当时髦的分离派[1]风格的房间，铺着瓷砖，天花板和四壁上奢侈地装着数十个灯泡，悬挂着七面大小不一的镜子，只能用荒唐来形容。这露骨地表明了罗斯科夫妇的颓废趣味。

其次，在卧室（犯罪现场）隔壁的房间，也就是罗斯科先生的书房，角落有一个简陋的木制书箱，一名刑警信手挪开它时，发现箱后的墙壁中嵌入了一个极其古旧的小型保险柜。他觉得这个印有日本制造

1　维也纳分离派（Vienna Sezession），十九世纪末二十世纪初在奥地利新艺术运动中产生的艺术家组织。

标记的保险柜非常可疑，便用玛丽夫人的钥匙串打开柜门，面对密码锁，他糊里糊涂地试着输入了"玛丽"的片假名，没承想，竟然一次就蒙对了。保险柜中设有搁板，上面放着大量用薄纸包好的照片，还有一沓装订成册的手稿，用的是西式格子纸，上面写着漂亮纤细的英文，还有一个大银盒，收纳有西式刺青工具。那些照片拍的都是世界各国、各个阶层之人的刺青，令人震惊的是，经常登上报纸杂志的各国政要、名流、电影女明星的脸孔混杂其间，不仅如此，还有一些精致的感光纸，上面印有玛丽夫人的刺青，罗斯科先生本人，以及年轻时期的东作那张日本人面孔，他们脖颈以下的部位都文有刺青。

其中，玛丽夫人的刺青如前所述，而罗斯科身上是单色刺青，细密地刻画了一场古代西方的海战。东作身上则是吉原花魁游行图，与罗斯科正相反，东作的刺青极富晕染变化，色彩鲜艳，充满装饰性，仿佛是用水彩颜料绘就而成、穷尽一切刺青技巧的豪华图绘。

这一连串的发现让警方如梦初醒，察觉到这起事件的不同寻常之处。

一方面，起初因为并没有发现财物丢失，警员都下意识觉得这是起单纯的情杀案，但随着这些出人意料的线索浮出水面，他们的想法开始动摇，在西洋妇人惨遭杀害的案件背后，似乎还隐藏着某些复杂的内情，令人不由感到恐怖、离奇与神秘。

另一方面，警方从伦陀医院传唤来了东作老汉，在罗斯科宅邸后院的日式住屋中对他进行了严格审讯，而他的陈述也含有一些非常奇怪的内容。

东作全身都布满了与保险柜中的照片中相同的刺青。这也证明了摄影者的拍摄与着色技术有多么巧妙、娴熟，但东作本人与他背负的压迫感十足的刺青并不相配，显得畏畏缩缩、老实巴交，面对审讯吓得不知所措。

"我在罗斯科家兼任厨子和扫除用人，至今也有三十年了。每月薪水是八十日元，我会拿出六十元分给女儿女婿，女婿也是我的养子，还是个大学生，他俩在 R 市经营一家台球厅。剩下二十元留给自己当烟酒钱，活得安闲自在，存款到目前为止有两千多元，所以也不担心身后事。"

"罗斯科先生和太太的感情非常融洽……不过，人不可貌相哪，其实玛丽夫人才是更强势的一方。她全然不理睬丈夫的顾虑，找到了这块人烟稀少的土地，照自己的喜好盖起了这座宅邸。长年独自待在宅里，固然是位了不起的女性，但我总觉得，无论风霜雨雪都要从郊外电车站步行回家的罗斯科先生很可怜。女儿夫妇俩听我说起这回事，也感觉又惊讶又感动……另外，罗斯科先生对什么事都谨小慎微，是个很温和的人……除此以外，至于主人夫妇的日常生活，我也不甚清楚，也就无可奉告了。

"昨晚，罗斯科少爷出门前嘱咐我：'我今夜估计很晚才回家，你把门锁好，早些休息。玄关大门的副钥匙我随身带着，你记得锁好后门就行。'所以天一黑，等夫人用过晚膳，我就离开了房间，久违地小酌两杯后便睡下了。

"但也许是上了年纪的缘故，半夜我想去小便，刚一睁眼，就感到平生未曾有过的头痛，脑袋简直要裂开了。不过，月光很亮，照得四下像白昼一样。我穿上竹皮草鞋，好走过宅后那片松林。带着傍晚的残酒，我穿过松林，登上外海岸的岩山，在那片草原上对着瓶口吹，看着那黑夜下的大潮像银子似的打来。我本想着以酒解酒，结果一下子昏睡过去了。后来，伦陀医院的医生叫醒了我，说罗斯科先生倒在了海岸，刚才已经被抬到伦陀医院去了，他的状况很奇怪，叫我赶紧看顾着。听到这番话，我实在是吓了一跳……不，真的，我真的是刚刚才听说玛丽夫人去世的消息……我不知道说什么好。懦弱的罗斯科先生是在夫人的再三鼓励下，才终于在公司挑起大梁，他会那样惊慌失措也属正常。

"也许是被夜露打湿了身子，我这把老骨头像散架了一样，而且我现在觉得胸闷、眼花，嘴里一股樟脑丸味儿……打我出生以来，还是第一次有这种感觉。所以我真的对玛丽夫人的死一无所知……唉，比起这，我更担心的是，从今天早上开始，罗斯科少爷的眼神有些奇怪。他一定打从心底对玛丽夫人的亡故感到悲伤。留他一个人独处的话，不知道他会做出什么来，真的不要紧吗？很久以前在香港，与玛丽夫人的婚约险些破裂的时候，罗斯科先生也是陷入了歇斯底里的状态。我在跟您交代案情的时候，心里一直担心得不得了啊。"

重复着这些话的同时，东作紧揪着他那满头白发，陷入沉思。关于罗斯科家过去，无论问什么他都默不作声。特别是与刺青相关的事，他像牡蛎一样闭口不谈。即使把刺青的照片摆在面前，他也只是冷眼观望，固执地左右摇头，坚决不发一言，那态度显得极度野蛮、逆反……不仅如此，昨晚是阴历二十九，理应是没有月亮的暗夜，所谓"明如白昼的满月"实属痴人说梦。当夜的确正值涨潮，但甚至都不需要跟气候测量所核实，昨晚一整夜乌云密布，别说月亮了，就连星星也不见踪影……无论警方强调多少遍，东作老汉只是一脸震惊，环视着在场警官的脸，最后仿佛头又开始作痛了，他嫌麻烦似的闭上了眼睛。

"那是因为各位老爷不懂旧历。昨晚肯定是阴历十五日。我看到的确确实实是一轮圆月。"

他竭力保持镇定，那张脸显得非常严肃而神妙。目前看来，东作是最可疑的人。于是，调查人员们达成一致，暂且将东作作为杀害玛丽夫人的嫌疑人拘留。伦陀医院距此地不远，目前除了直接去讯问罗斯科，也没有其他线索了，于是，一行人准备离开罗斯科宅邸，正当此时，被安排在伦陀医院照看罗斯科的弓削医学学士连白大褂都没脱，气喘吁吁地跑来，又报告了一件大事。

起初一边连连呼唤"玛丽"一边抽泣的罗斯科先生忽然安静了下来，在床上坐起身，双臂交叉，不再动弹。他在短时间内衰弱了许多，怔怔地望着窗外的青空，沉默不语。接着，他的眼神逐渐变得古怪，开始像睡着的人一样磨牙，突然间，呈现出精神失常的迹象，拿起身边的东西乱丢……太危险了，我们都不敢靠近。就趁这间隙，可怜的罗斯科先生从口袋里掏出一把手枪，照着太阳穴开了一枪，自杀了。院长现在非常内疚，没有及早将他当作精神失常者对待……

调查人员一行的处境如今更加狼狈了。他们急忙跟着上气不接下气的弓削医学学士来到了现场，罗斯科先生的病房位于后庭，面朝大海。正如弓削报告的，镜框、药瓶、花盆、泥巴、沙砾、花草，以及其他器物与玻璃碎片到处都是，连落脚的地儿都没有，在这一地狼藉中，罗斯科先生脑浆进裂，两只蓝眼睛飞得老远，浑身覆满血迹，仍然紧紧攥着那把脏污的手枪，头朝下，半个身子从病床滑了下来，比玛丽夫人的死状更加凄惨可怖。

现在，警方的搜查陷入了僵局。东作看见的根本不曾出现过的月亮，与整起事件因缘颇深的刺青照片与英文手稿，掌握关键线索的罗斯科突然发狂自杀，种种事态交织在一起，以蒲生检察官为首的调查人员都不知不觉间丢失了实际的着眼点，被卷入侦探小说式的虚构、想象与推理的漩涡之中。整个案件看起来像是情杀，其中却有盗窃犯施展的巧妙手腕。说是他杀，也不是单纯的他杀，说是自杀，也不是单纯的自杀……无论怎么思考，仿佛都会误入歧途。纵然是办案老到的蒲生检察官，也不敢贸然下判断。习惯依靠经验断案的刑警们都一筹莫展，甚至有人想撂挑子走人："这本来就不是我们能解决的事件。我们哪里能知道洋鬼子在想些什么。"

　　R市警署的老署长山口在详细听取了司法主任的上述报告后，同样一头雾水。

　　平时，山口都会耐心倾听部下对检察官的抱怨，鼓励他们继续努力……但也只限于口头鼓励，从不会发表任何意见，这是以性情温和著称的山口老署长的习惯。然而，只有这一回，他破例了……因为恰在此时，他了解到县厅特高课对罗斯科的自杀非常关注。

具体理由不得而知，但似乎特高课长期秘密监视着罗斯科的行动。听说他自杀后，两个便衣特高课外务科警员约山口署长秘密会面，要求听取事件的真相。另外，罗斯科供职的石油公司也对"S岬事件"相当重视。在R市分公司担任高管、操着一口流利日语的多兰，与特高课长官是老相识，他亲自登门，询问罗斯科的死因到底是自杀还是他杀。他必须向位于母国的总公司发电报汇报此事，因而请求特高课长官私下向他说明情况。多兰收到电报称，东京本社方面已经派遣人事部部长（外国人）和一个曾受海军大尉军衔的日本人高管于本日下午乘坐特快列车出发。如果未能在两人抵达前获悉真相的话，就是多兰的责任了，所以他恳求特高课，就算不能透露信息，至少把他介绍给本市法院的检察官或警察署长……他态度非常郑重地再三哀求……外务警员将这件事透露给了山口，事态仿佛在另一种意义上紧张了起来。向来以温厚稳健著称的老署长，也多少有些狼狈。最多只有两三天，如若不能解决这起笼罩在迷雾中的事件，不仅有损日本警察的威信，还可能演变为棘手的国际问题，他不能再磨磨蹭蹭的了。

不过幸运的是，一开始就参与"S岬事件"调查的蒲生检察官是署长的同乡，交情深厚，这是他唯一的救命稻草。山口老署长当夜秘密会见了蒲生检察官，推心置腹，交谈案情，最终他们认定，只有先就"刺青"询问专家的意见，才能制定下一步搜查方针。无论如何，整起事件的中心就是这份奇怪的手稿，而最不可思议之处就在于，所有涉案人员都文有刺青。对于"刺青"一事，东作老汉顽固地不肯开口，或许，此处隐藏着解开事件之谜的钥匙……虽然他们达成共识，但在R市这样一座小城市，似乎并没有专门研究刺青的人。一时找不到合适的人选，无奈之下，署长只好找来了小学时代的同窗、R大学的法医学教授犬田博士，请他发表意见……

犬田博士刚刚出差归来，他听山口署长详细说明了案件，不由得同情起自己这位年老体衰却仍要从事繁重工作的旧友。

"我得感谢你，老朋友，你来得正是时候。我目前正计划从法医学的角度展开刺青的相关研究。若是依据国别及职业来研究整理'刺青'的话，是很困难同时也很有价值的工作。现在，我手头上有德国人和法国人的两本著作，但听了你的话，我认为罗斯科先生的研究也许更接近我的理想。我竟全然不知道，这附近住着一位如此热心研究的刺青家。请务必让我同行，见识下罗斯科先生的遗物——那份刺青的研究手稿。"

于是，当天犬田博士就赶到了 R 警察署，在蒲生检察官、市川预审法官、山口署长、特高课警员、司法主任都在场的情况下，他看到了 R 署保管的"S岬事件"被害人玛丽夫人与自杀身亡的罗斯科先生尸身上的刺青的溴化银胶片，进行了细致入微的对比研究。之后，他查看了从罗斯科家的日本制保险柜中取出的手稿，还用放大镜精细地检查照片，任何角落都不放过，最后打开了装有刺青工具的银箱，箱子角落堆放着小瓶酒精和可卡因，他一边嗅一边比较两者的气味，然后蘸在手指上舔了舔。还有一个刻有"India Rubber"字样的小银匣，里面盛的是蓝蜡，他将其溶于可卡因，并试着涂抹在自己的手背上。经过相当长时间的调查之后，犬田博士挠了挠斑白凌乱的头发，捋顺了那把山羊胡，擦拭了一番罩在他瘦小身躯上的紫黑色长礼服下摆，脸涨得通红，态度很谦卑。

"在下不才，却也看出了些端倪……"

他笑着擦了擦自己的近视镜，对着大伙儿咳嗽了一声。

"这实在是一份极其珍贵的文献。这份手稿是自杀的 J.P. 罗斯科与其父 M.A. 罗斯科共同研究的结果，主要是通过考察国别及职业不同者身上的刺青研究刺青技术。我相信，这份手稿如能出版，将会成为世界上最权威的刺青研究著作之一。

"根据开头的序言，手稿三分之二的篇幅是 M.A. 罗斯科收集的照片及描述，后三分之一是其子 J.P. 罗斯科的工作。每部分的末尾都标有研究调查日期，以及罗斯科父子或热心投稿者的署名。

"序言还说道，M.A. 罗斯科是 × 国的化学家萨尔·罗斯科的亲戚，还是同时深受著名政治家 G 勋爵与其政敌 S 勋爵两人信任的外交官。作为一等、二等外交秘书，M.A. 罗斯科的足迹曾遍布西班牙、土耳其、智利、日本等地，最终在中国担任驻香港领事。这期间，他出于兴趣，一直在收集刺青相关的照片和文献，而且亲自跟随世界各地的刺青师进行实地研究，最终，他通过翔实的例证得出'中国与日本的刺青技

瓶装地狱

术冠绝世界'的结论。研究之严谨令人惊叹。

"手稿中的第一张照片是罗马尼亚皇族的弗洛里亚克伯爵，拍摄于一八八六年。这项刺青研究持续了约四十年的漫长岁月，直到今天。在一九一九年，老罗斯科去世，由儿子 J.P. 罗斯科继承了这项研究。

"身处事件焦点的东作身上的刺青，似乎历史相当久远了。标注日期是一九〇四年四月，刺青手法全然是日本式，而且墨守德川时代遗留的技法，绘制的也是明治维新后二十年内流行的图案，由此看来，东作应该对前代家主老罗斯科非常熟悉。

"而 J.P. 罗斯科身上的刺青除了左臂，整个后背成了一幅萨拉米斯海战图，古代船舰、汹涌的波涛、天空中飞行的诸神，都以极细的线条勾勒而成，但整幅画采用了单一的、均匀的黑色，没有任何晕染和层次变化。从细线的断续情况来看，显然还没有使用可卡因，这属于西洋旧式的刺青技法。可以想象，这大概是 M.A. 罗斯科为了练习技术，而在儿子身上进行的尝试。

"接下来的发现就非常有趣了。不是别的，正是自杀的 J.P. 罗斯科的左上臂的刺青，与玛丽夫人全身的刺青所用技法是一致的，但图案完全不同。罗斯科左臂的刺青是船锚与海蛇这类水手生活中常见的事物，与此相反，玛丽夫人的是温柔的鲜花与星，两者均是用可卡因做局部麻醉后文上的，线条比罗斯科后背的刺青更加浓重、鲜明，图案在近代绘画的手法下刻意扭曲，云与群星采用了充满后印象派风格的大弧线与不规整直线。这也许是年轻的罗斯科对夫人肉体的变态爱恋和玛丽夫人面对丈夫的受虐倾向的双重体现。总之，我们可以推定，这位年轻的西洋妇人经历了一场不同寻常的刺青施术。罗斯科左臂上的刺青，应该是他为玛丽夫人刺青前做的实验，为了研究最新的可卡因墨的使用方法。

"为了确认上述情况，我能否与目前被拘留的东作老人见上一面？我自己也有些特别想知道的事情。"

听罢犬田博士的说明之后，蒲生检察官、市川法官、山口署长等人如梦初醒，仿佛被从覆盖于事件表面的不可思议的噩梦中唤醒，却又在转眼间，堕入更加恐怖的噩梦之中。他们意识到，眼前籍籍无名的犬田博士有着何等卓越的头脑，心中产生了惊愕与尊敬。于是，在这起事件的调查中，犬田博士被赋予了自由行动的特权。

东作老汉被带到了署长办公室，他的岁数已经很大了，但似乎因为年轻时备尝辛劳，所以如今体格仍非常硬朗。他穿着石油公司的工作服和细筒裤，浑身都是腱子肉，营养看上去也比普通人要好。东作老汉戴着手铐，万念俱灰般闭着眼睛，一被按坐在犬田博士正对面的椅子上，他就忽然睁开双眼，眼神凌厉，怔怔地盯着博士的脸，而后又默默闭上了眼皮。一头茂密的银发，硬如鬃刷，留了个平头，像大猩猩一样前额窄小，两条粗重下垂的长生眉，还有紧闭成一条宽线的嘴唇，透露出某种狂野、顽固不化的个性，被当作嫌疑人也不无道理。

不过，犬田博士很平静，面对东作老汉凶狠的目光，他只是回以柔和而亲切的微笑，点了一根"朝日"牌香烟，递到老汉嘴边，然后自己也抽上一根，笑着把椅子往前挪了挪。

"老人家，让你受苦了。我知道你是无辜的。事到如今，你不如把一切都告诉我。我想你是为了女儿女婿才不肯透露罗斯科家的秘密吧。但是，罗斯科先生在不久前已经自杀了。"

没等博士话音落下，东作老汉叼着的那根烟掉在了膝盖上。知道罗斯科已死，他脸色登时变得铁青，面部肌肉不住地颤动。紧阖的双眼流下泪来，嘴巴似乎比先前闭得更紧了。见此态度，犬田博士又往前凑了一步。

"东作老爷子，罗斯科家族的两代家主都是疯狂的刺青爱好者，如今的罗斯科先生比起他的父亲有过之而无不及。不知何时起，这份狂热也传染给了玛丽夫人，而且他们夫妇命令你保守秘密。你是在日俄战争期间和老罗斯科认识的，从那以后，你一直侍奉罗斯科家。连前代罗斯科先生也要求你对刺青一事守口如瓶，只要你还在罗斯科家一天，为了女儿的幸福，就决不能泄露这个家族的秘密。我们还在进行更加详细的调查，老人家，隐瞒是没有用的……"

东作老人听完博士的话，不禁发出一声长叹。他接过司法主任新递来的一根"朝日"烟，抽了几口，缓缓开了口。他重新端坐，双目圆睁，沙哑厚重的声音透着股正气：

"唉，我明白了。罗斯科少爷毕竟已经去世了……那么也没什么好隐瞒的了，我会把一切都告诉你们。唉……

"别看我这副样子，我也是个地道的江户儿[1]，籍贯是神田 × 町 × 号。当地有名的饭庄'八百久'就是我家的产业。我打小就被视为八百久的小少爷，备受疼爱……唉，不过所谓人哪，就是不经磨炼不成材……说来实在惭愧……啊，那时候我太骄傲自满了，活得就像通俗小说的主人公似的，整日沉迷于三大爱好——喝酒、打架、挥霍金银，最后窘迫得连日本都待不下去了，索性啊，我就打算西去上海，跟人学做中国料理，重整旗鼓。这大抵是甲午战争爆发前的事情。可我最后下船发现，到的不是上海，是香港……唉，鬼知道是我上错了船，还是船搭错了我哟，总之我误打误撞在香港下了船。

"但这世界还真奇妙，塞翁失马，焉知非福。到中国之后，我不想被人误以为是清人，便拜托了来自横滨的一个名叫雕辰的工匠，在我身上刺下了这些丑

---

1 江户儿，指生长于江户之人，以具有男子气概、心直口快、单纯鲁莽等性格为特征。

陋的伤疤。此人在香港很有些威望，也算是个地头蛇。我就这样安定了下来，在一家饭馆当学徒……唉……

"一切可能都是命中定数吧。就在我的中国菜和黄油料理烧得越来越拿手，开始小有名气的时候，我那三大爱好的馋虫又蠕动起来了……您也知道，香港那边的娱乐消遣和日本大不相同，人心之险恶也不可同日而语……那些人狡猾得不得了，你根本防不胜防。没过多久，我就失足跌入了可怕的地狱，他们在一场赌博中出了老千，我被骗得底儿掉，成了个穷光蛋。我懊悔得失去了理智，他们将我按在赌场的桌子上，气焰嚣张地向我揭秘老千的手法，但他们人多势众，我根本不是对手。在和十几个洋鬼子、中国人大打出手后，我被打了个半死不活，被扔进赌场的地下室。

"但话说回来，凡事自有天助。世上的人真是千奇百怪呢，当时，罗斯科老爷是驻香港领事，他长期沉迷于刺青研究，为此，不惜乔装出入于下九流的赌场。他出了一大笔钱买了我的命，安排我在他府上当厨子……这就算得上是段奇缘了。我也就此打定主意，一辈子侍奉罗斯科老爷。但是，罗斯科老爷向我仔细打听了横滨雕辰的手艺，给我背上的刺青拍了照片后就说'你已经没用了，可以走了'，他甚至给了我回日本的路费，可我的性格是一旦下定决心就不会更改……那时候，罗斯科老爷的千金玛丽小姐才五六岁，跟我一下子就亲近了，每天'阿东！阿东'地叫着，不愿意离开我。不论她哭得有多凶，只要我露出后背的文身给她看，她立刻就会止住哭泣。我就这样稀里糊涂在罗斯科家干了下去……唉。

"自杀的罗斯科少爷是入赘女婿，本名叫詹姆斯，当时在领事馆做秘书。他是毕业于Ｃ大学的高才生，因为喜欢画画，被罗斯科老爷相中，让他帮忙给刺青的照片上色。詹姆斯由此逐渐对刺青产生兴趣，而玛丽小姐也对他暗生情愫，最后两人的恋情还是传进了罗斯科老爷耳朵里，他大为光火，明确说他俩没有可能……但是，两人还是在老爷眼皮子底下藕断丝连，西洋人的迷恋真难以理解哪，多奇怪啊。他们越是相爱，就越陷入疯狂。罗斯科老爷去世后，年轻的夫妻俩就搬到了如今这里，两人置办下各种工具和材料，在Ｓ岬的宅邸中修建了那间浴室。它应该是用来……（中略）也许在您各位看来很奇怪，但我为了报前代家主的恩情，也是为我女儿和女婿考虑，不得不忍气吞声，继续侍奉罗斯科家……唉。

"说起我女儿，她如今在 R 市经营一家台球厅，今年二十五岁，生于香港。或许这话从做父亲的嘴里说出来有些难为情，女儿与她死去的母亲一样是个勤奋踏实的人。女婿比我女儿小一岁，目前还在 R 大学读四年级，立志成为 SL 医院的医生。还是女婿告诉我的，S 岬的玛丽夫人继承了母亲的爱尔兰血统，被 R 市的学生追捧为大美人。不要说大学生了，连年轻气盛的中学生，也在周日驾着学校的小艇偷偷摸摸来到 S 岬。这种时候，驱赶他们就成了我的工作，中学生净是些流浪猫一般吵闹的小混蛋。有一回，罗斯科少爷与夫人面对面用膳，那些学生就在屋外把窗玻璃摇得哗哗响。那时第一个怒气冲冲跑出去的人，既不是罗斯科少爷，也不是我。玛丽夫人一直是位强势的女性，她发了疯似的拿着手枪跑了出去，一个女人家居然对着逃到海岸的学生连连放枪。不过，夫人的枪法非常精湛，在香港时就经常参加射击比赛，甚至还赢得过大大的银杯，颇为得意呢。她朝着逃走的学生脚边打，扬起的飞沙搞得这帮小子灰头土脸，小船在浪花间摇曳，她一枪射穿了船舵的金属零件，够叫人目瞪口呆。学生们也吓破了胆，此后再也不敢来了。每当有类似事情发生，罗斯科少爷只会紧贴在餐桌边，面如土色，瑟瑟发抖，连话都说不利索。虽然听起来很离谱，但这都是实情……唉，我想罗斯科少爷之所以自杀，就是因为他一直以来依靠的夫人不在了，失去了活下去的力量，酿成不幸……这全怪我的疏忽，造成了无法挽回的后果，我实在无颜去见罗斯科老爷了。

"但只有一件事，我百思不得其解——那天真是一个月夜。之前，坐在那儿的那位老爷厉声训斥我说根本不可能有月亮，之后，我就被关进看守所了。我透过窗缝看见了月牙，掰着指头算来算去，那晚的确应该是没有月亮的暗夜才对……而且当晚在那片松林里，我确实透过松叶看到了闪闪发光的满月，一定不是梦。证据便是，如果没有月光，我这么个老头怎么可能摸黑走出松林，爬上危险的岩山峭壁，在山顶呼呼大睡呢？我能把喝空的酒瓶好好地立在地上，不也是靠着月光吗？这实在叫人想不通啊。

"不，不客气。我活到这把岁数，从来没有过梦游，就连一句梦话都没讲过……我再没见过比这更离奇的事儿了。第二天睡醒，我感觉整个身子都要累散架了，头痛得不行，却又不是平日里那种痛法，说不清楚，口中也有股怪味，仿佛是大病了一场。来到这里以后，喉咙疼得咽不下饭。唉，跟宿醉的感觉完全不同……唉，救命恩人的子女惨遭杀害，这么可怕的事怎么会落到他们头上。罗斯科夫妇名下拥有巨额财富，但这笔钱具体在哪儿，是现金还是存款，我从不关心，就不晓得了。

"我今年已经七十一岁了，但我还没有老糊涂，干这种划不来的事儿只会让我女儿、女婿一生蒙羞……唉，列位老爷一定要明察啊。"

讲完这长长的故事，东作老汉又要了一根烟抽，喝了一杯热茶后，便走出了署长办公室。署长稍微有些难为情，但还是开口询问犬田博士对整起事件的看法。在座的检察官、特高课警员和司法主任都怀揣着敬意，屏息凝神等着他发言。

然而，犬田博士这时并没有说太多：

"或许，这起事件要比我们想象得简单得多……如果各位不介意，找个方便的时间，能带我去看一下现场吗？我有一些想要确认的事情，也许能作为破案参考……"

"这么说，犯人是谁，你已经有头绪了？"

司法主任双眼发光，急匆匆插话道。热心的司法主任一直在旁听犬田博士与东作的对话，这期间，他对事件的观点发生了转变，似乎一个全新的思路在他头脑中产生。

但是犬田博士并不着急下结论，仿佛在整理思路似的闭上眼睛，摇了摇头。

"不，还无法断定凶手。只是基于与东作老汉初次见面的印象，我有了一个医学上的假设，但目前还没有证据。不过，刚才的老人与凶杀案应该没有关系。"

"这个假设是什么呢？"

司法主任尖锐地问道。但是犬田博士仍然很平静，悠哉地坐在椅子上，脸上浅浅浮现出谜一样的微笑。

"东作的确在晦日看到了满月。"

翌日，二百一十日[1]前的阴天，外海与内海都风

平浪静。

犬田博士、蒲生检察官、市川法官、山口署长、司法主任、两名特高课便衣警察，还有一名一早就嗅到事件气息的新闻记者，乘汽艇驶离了R市码头，在平静的内海上急速行驶，朝S岬而来。顺带一提，两名特高课警员对于新闻记者介入这起事件很排斥，但犬田博士和山口署长对这名记者格外信任，他保证今日所看到的事，一行都不会见报，才勉强让他获得了同行资格。大家也是担心，要是得罪了记者，他保不齐怎么暗地使坏报复呢。

在到达S岬之前，犬田博士对着参谋本部的比例尺1∶5万的地图和司法主任手绘的示意图，尽可能详细地确认S岬的地形和罗斯科宅邸的房间布局。

犬田博士拜托舵手将汽艇停靠在S岬的凸出部，也就是事件关键地点岩山山脚处，一行人从那里登岸。然后，犬田博士爬上了岩山顶部的草原，东作就是在这里望着浪潮进退喝完了酒。他戴上了飞行员护目镜，镜片是黑色的而且非常厚实，霎时变作浓重的黑夜。他小心翼翼地环视四周，独自一人攀缘着危险的岩礁，下至岸边。然后，他时而猫着腰，时而挺直背，一边找下脚的地儿，一边在岩山周围考察。终于，他心满意足地摘下护目镜，向一行人招手。这回，他又把黑色护目镜戴上，急步穿过遍布砾石的松林，来到位于罗斯科家后院的东作的小屋，仔细检查起门的内侧，而后又如愿以偿似的轻吁一口气，擦拭去汗水。

"门没有上锁的痕迹，挂锁已经锈得不成样子。东作每晚睡觉都没有锁门。"

司法主任点了点头。一行人围在犬田博士身边。

"从这栋小屋在黑暗中走到那座岩角，绝不是什么难事。松林中碎石的间隙很宽，足以走过去。请戴上这副黑眼镜看一看。这是我让眼镜店特制的新发明，方便我们在白天调查这起夜间发生的事件，喏，效果多巧妙。哈哈哈。啊不，倒也没到申请专利那份儿上，请戴上看看。肉眼或许有些难以看清，但戴上它再看就明白了。从那座岩山到这边的碎石，能看到一条微微发白的道路，对吗？这是日积月累下，人经过时轻微磨蚀的结果，你看那边，厕所后的那片松林，平日没有人走，便看不见类似的路。磨蚀痕迹一直持续到岩山另一侧的礁石海滩，因此，这些细微的阳光反射作用在白天反而难以发现，四下越黑越暗，就看得越清。换言之，东作老汉自不必说，无论白天黑夜，罗斯科家的其他人也曾无数次登上那座岩山，下行至另一侧的海滩上，因此，这条早已走惯的道路，他们即使闭着眼也能凭直觉走过去。东作老人忘记了这一点，才会深信自己不可能在暗夜中穿过松林、爬上岩山。

"请注意这一点，仔细考虑的话，东作老汉在事发当晚被麻醉的可能性很高。在这里，我就不花时间解释脑髓的功能了。总之，从医学上讲，东作是个十足的酒鬼，所以哪怕给他注射十分、十二分的麻醉剂，可能也只起到一半效果。只有在半睡半醒的时候，东作才会清楚地看见月亮和太阳，半带知觉地起身梦游。东作本人第二天早晨身心俱疲，倦怠、头痛、口鼻中的异味、不爽快的感觉，这些都能佐证上述推理，所以，说到底只是东作的一场梦游……在晦日暗夜所看到的满月、银色的潮汐巨浪，是东作本人的不在场证明，同时也是揭示犯人作案手法的有力线索。

"因此，犯人很可能是瞄准了罗斯科先生不在家的时机。他先在这栋小屋中对烂醉如泥的东作进行了麻醉，然后，只穿袜子，紧贴着屋檐下的灰泥墙，迂回摸到玄关，这样既没有脚步声，也不会留下脚印。

万一出了差池，惊动了玛丽夫人，对方也只是一介女流之辈……这也许就是犯人的盘算。如果只是这样，倒还没有超出我的猜测范围，可是……"

一直在等待犬田博士下结论的司法主任再也按不下话头，有些激动地插话道：

"……这么说……先生您的猜测是……犯人使用了麻醉剂，而且随身带有万能钥匙……是个相当能干的家伙啊。"

犬田博士轻轻摆了摆手，笑了。

"哈哈哈，不是，在检查房间内部之前，下结论还为时过早。眼下，我们能够确定的事情只有两件，一是东作不是犯人，二是嫌疑人能够熟练使用麻醉剂。但这附近有犯人逃走时留下的痕迹吗？"

司法主任踌躇了一会儿，没有作答，转而望向署长的脸。署长从容地点了点头。

"唔，光是调查这幢宅邸的周围环境、出入人员情况，就得花上一周的时间……但如果东作是犯人的话，就说得通了。"

"请等一下。"

犬田博士不失时机地扬手打断了他的话，

"等找到更多关于犯人行踪的证据之后，再下判断不迟。说到底，并没有发现东作就是凶手的证据……你们应该没有发现任何指纹，对不对？"

　　署长沉默着，两眼睁得老大，盯着犬田博士的脸庞。同时，司法主任也愣在原地。两人就像孩子一样凝视着犬田博士的脸，怔怔地点了点头。这是终于迫近犯人真面目的瞬间，二人心中充满了紧张和感佩。

　　事后听来的说法是，署长和司法主任在侦办这起事件期间，从未像这时一般惊讶。当然，犬田博士尚未到宅邸内部进行调查，在最初听署长陈述案情时，他就察觉到了现场没有留下任何指纹这件事，但他丝毫不露声色。署长与司法主任这时脑海中浮现出了犯人的一大特征，也就是通缉令上经常强调的"在任何情况都不留指纹"，而对于突然发难的犬田博士，两人只感到面对神明般的敬意。

　　随后，犬田博士在几位专家锐利的目光前，调查起玄关大门，确认犯人的入侵路线，但没有任何新的发现。于是，他们径直走向侧边的卧室门前。

　　"这扇门没有使用过万能钥匙的痕迹哪。"

法官与司法主任同时点了点头。犬田博士也回以颔首微笑。

"因为罗斯科先生出门时带走了玄关的钥匙，玛丽夫人感到安心，并没有锁卧室门就睡觉了。玛丽夫人在这种地方总是很要强……极端点说，一点不像是女人家，比男人还要大胆无畏……真是个奇女子。"

这回轮到法官与两名特高课警员同时点了点头。法官冷静地说道：

"在夫人床底发现的一串钥匙里，这扇门的两把备用钥匙都还在。但从罗斯科尸体口袋里发现的钥匙串里，找不到这扇门的钥匙。"

听罢这番说明，犬田博士关紧了卧室的门，从钥匙孔向里窥探。他蹲在地上，检查起门板正对膝盖高度的蓝油漆表面，撒上检测指纹用的铝粉，没过多久，比犬田博士膝盖稍低的位置出现了数个叠合的不等边三角形，那是粗糙皮肤的褶纹留下的痕迹。他喜出望外，擦了擦已经通红的额头上的汗，向一行人说道：

"犯人果然是个日本人。除了日本人，没有犯人会大意到露出膝盖。但看起来是个非常矮小的家伙，他蹲下来偷看钥匙孔的时候，还是失手了，把膝盖抵在了门上。我想他本人多半没有意识到这一点……"

署长长舒一口气，安心地擦了擦汗，回头看向蒲生检察官说：

"喏，我不是经常说，R市应该再增设一个鉴识科嘛。"

一行人似乎都认同地点了点头。

随后，犬田博士进入了卧室。除了尸体被抬走外，房间布置都与发现时无异，他详细检查了床的上下左右方向，回头对检察官说：

"当时凶手使用的电灯线，是滚落到床底的这盏小台灯的吗？"

司法主任从旁回答说：

"是的。我带来了。"

说着，他从自己提来的中等箱包中取出了报纸包裹的电线。

"这根电线被折弯的地方，就是犯人当时手握的地方吧？"

"是的。正是因为注意到这一点，我们才特意保存的……"

犬田博士的脸上浮现出无比满足的神色。

"这太好了。请给我看一下……"

说着，犬田博士郑重地接过电线，却又立即看向司法主任。

"电线只缠了一圈吗？"

"不，两圈。如您所见，玛丽夫人吐出的血附着在电线上的三处。这些血痕正好重叠在一起，说明玛丽夫人脖子的粗细刚好够缠两圈……"

"原来如此……看来犯人是趁玛丽夫人睡着的时候，悄悄将电线缠成两圈，然后，突然勒住她的脖子。"

"是的……所以我们认定这是一桩有预谋的谋杀……"

犬田博士在调查结束后，一只脚踩在床铺边缘，用那根电线在脚踝上方的细部缠了两圈。他抓住被犯人用力折弯的部分，使劲一勒紧，电线上的三处血痕完全重合在一起。他回头看向神情紧张的检察官：

"……这名犯人果然是个小个子男人。把电线的折弯处当作发力点的话，他的肩宽比普通人要窄很多。东作老汉和罗斯科先生的肩膀都很宽。且不论西洋人，就算在日本人中，这么窄的肩宽也是罕见的。"

"他为什么不使用麻醉剂呢？"

面对蒲生检察官的质问，犬田博士苦笑着挠了挠脸。

"嗜，这一点我就不知道了。恐怕这是整个事件中最蹊跷的地方呢。"

然后，犬田博士掀开床上的羽绒被，用放大镜不留死角地检查了床单表面，招手将署长、检察官、法官和司法主任唤到身边。他从裤兜里捏出一个西装裁缝使用的划粉，开始当着四人的面在床单上画出大大的曲线。

"请看。这里是玛丽夫人的脖颈所在的位置。鲜血从嘴沿着腮边滴落在这里，而那里的黄斑是死后漏出的尿液，若以这两处为基点描出尸体的最终位置，大概是这么个体态姿势。玛丽夫人的体格比一般的西洋夫人要娇小，比一般的日本男人却还要大些……没错吧？

"但是在玛丽夫人臀部所对的位置，稍稍靠右，有块淡黄色的斑点。在事件发生后，谁都没有察觉到这里，数日以来与空气接触而变色，才变得明显了。这本是玛丽夫人的某种体液，应该是在与犯人搏斗的过程中，犯人裸露的右膝用力压在此处所致，但我想犯人也没有注意到这一点。这边的床单下摆有两处浅浅的黑斑，从形状上看，可能是犯人穿的日式布袜上沾有尘灰，脚趾踩过留下的痕迹，但需要相当强的力道，才勉强留了个印儿，肉眼几乎是看不见的。从右膝及脚趾痕迹的尺寸目测，犯人是一个仅有五尺高的矮小男子。等回去之后，我会交一份附带计算过程的正式报告……"

犬田博士一边说明，一边从口袋里取出小小的卷尺，测定淡黄色斑块及两个浅黑色斑点之间的距离，并记入手账。

山口老署长回头瞅了瞅身旁的司法主任，他好像高兴得脑门都变锃亮了。

"果然不是东作。"

"是啊，冤枉他了。"

司法主任满意地点了点头。

"我先前就想到，现场没有留下任何指纹，万一不是他的话……"

"唔。他也不像能干出这种出格之事的人……而且没有偷走财物也很奇怪。"

"是啊。就是因为这一点，调查才毫无进展。啊不，现在反而可以说，是帮了大忙了。"

"多亏你们拘留了东作老人，才让我们能够找到头绪呀。如果不是东作在晦日看到了满月，我们就无法发现'麻醉'这个最关键的线索。哈哈哈，也是大功一件。"

蒲生检察官安慰道。满脸通红的山口老署长摘下帽子擦了擦汗。

"将这膝印的褶纹与他本人的加以比对，就水落石出了。这和指纹具有同等价值。"

在检察官、法官、署长小声商谈的时候，司法主任急匆匆离开了罗斯科家。他是去伦陀医院借用电话，以便及时做出安排。

然而，犬田博士的活跃还没有告一段落。

犬田博士随后协助两名特高课专员对罗斯科家内外进行了地毯式搜查。最终，在浴室天花板的面砖后发现了大量重要机密文件，具体内容不得而知。但事后调查得知，直到事件发生为止，罗斯科家族都被认为有国际间谍的嫌疑，而主犯不是别人，正是玛丽夫人。也就是说，玛丽夫人女承父业，利用自己的美貌与刺青从事国际间谍工作。她后背的刺青与一般绘画相比显得更扭曲、歪斜，但若是用直线将歪曲部分相连，则会浮现出一座旧式要塞的图形，群星是瞭望塔，鲜花是炮台，云彩是森林。与此同时，她的丈夫罗斯科先生亦是从犯，在夫人的命令下将地形图图案化，说到底，他只是一个刺青技师罢了。后经多次取证调查可以确认，用人东作似乎对这些事完全不知情，将其视为罗斯福夫妇背离常识的变态爱情游戏，出于报答前代家主及玛丽夫人的恩情，忠心耿耿的老仆人选择对此保持沉默。只不过，正如本文开头所说，上述事实与本案几乎没有关系。

顺带记一笔，犬田博士当时提出申请，希望得到罗斯科家族关于刺青研究的手稿，当然，仅限于与杀人事件无直接关系的部分，作为自己研究的参考资料。真凶落网后，经过一年半的审批，他的请求获得了许可。但可惜的是，这部分资料在日后 R 大学法医学部的那场离奇大火中烧毁了。

犯人的确如犬田博士的推测一样，是个身高不足五尺一寸的矮子。"S 岬事件"发生的两周前，他从距离此地相当远的一座监狱逃了出来，在各地为非作歹，R市方面也收到了对他的通缉令。此人本名坚村音吉，绰号"麻药阿音"，三十七岁，是个罪行累累的惯犯，也是有名的凶贼，擅长用麻药将看门仆人麻醉，掩人耳目地盗走钱财。"S岬事件"六个月后，在距R市百里之外的某个大都市的妓院里，当地刑警敏锐地发现了蹊跷，逮捕了正在与老相好玩乐的音吉。

根据音吉的供词，他是在R市某家乌冬面馆吃天妇罗盖饭的时候，无意中听到邻桌一伙曾去看过玛丽夫人的中学生闲谈，由是得知S岬的地形、罗斯科宅邸的布局、罗斯科家的生活状况，认准这是一票好买卖。当时恰好是星期六傍晚，音吉走进乌冬面馆的电话室，翻电话簿找出了市内一个暖炉商的名字，托名打给了罗斯科先生供职的石油公司，称"希望能去罗斯科先生家拜访"，还真让他套着了话，对方说"罗斯科先生今晚并不在家，请直接来公司面谈"。他觉得机不可失，所以根本没有事先周密地计划，只入手了两人份的麻药，在R市海边的租船商那里偷了两根桨，用手巾将其系在船两侧的桨架上，趁着夜色划船来到了 S 岬的岩山下，照着中学生的说法，翻过岩山，偷偷潜入罗斯科宅邸，先是切断了电话线和呼铃线，然后给醉卧不醒的东作上麻药。然而，麻药并没有发挥预期的作用，带来的乙醚和氯仿用得一滴不剩，才终于把人麻晕过去。剩下的只是一介女流——事后来看，他的预测错得离谱——他便勇敢地撬开玄关的门锁。

他的目标是罗斯科先生的书房，但在通过卧室时，一缕昏暗的灯光从天井洒下，他看到了玛丽夫人的睡颜，忽而心生奇妙的感觉。于是，音吉取下枕头边的台灯电线，想要勒死她，但事实证明他对女人的轻视大错特错了。他遭遇到令人惊讶的激烈反抗，经过一番殊死搏斗，才终于达成目的。换言之，警方最初的推测"犯人在经过充分的研究后潜入宅邸"是完全错误的，但其他部分又精准地还原了案件。音吉最初打算一问三不知，极力想逃脱杀人重罪，但是司法主任现场发难，从犯人的行凶步骤到心理状态逐一讯问，最终对比印在床单上的斑块长度、台灯电线缠痕对应的肩宽、膝头的褶纹，音吉也怕得汗流浃背。

"你们既然都查到了这一步，我怎么装也没用了。

看来我的好运气花光了。是我杀死了那个洋女人。至今为止，我从来只干行活儿（指盗窃财物），不对女人下手，但那一天晚上我好像着了魔……她的那身刺青让人欲罢不能……暗淡的灯光下，袒露出来白如雪的乳房，胸侧绽放着似有剧毒的蓝花，我听着她香甜的呼吸声，心情变得奇怪起来。那是我一生的错误。女人就是这样充满魔性……呵呵呵……

　　"至于我什么都没偷就逃走的理由也很简单。在我收拾完那个洋女人，刚能松一口气，四下鸦雀无声，也听不见海潮，但窗外的黑暗中忽然就传来趿拉草鞋的脚步声。我一下子僵直在原地。这是我活这么大头一回杀人，脑子里一片空白，只剩慌张失措的分儿。我赶忙熄灭了天花板上的子母灯，把垂下的窗帘卷上去，额头抵在玻璃窗上向外张望（注：犯人额头留在玻璃窗上的肌纹痕迹，连犬田博士也看漏了），一个意想不到的巨大人影横穿过眼前的白墙，朝用人房的方向走来。当我意识到，这个人影就是刚才我用比正常人多一倍剂量的麻药麻翻的白发老头，心情简直就像被从头顶浇了一盆冷水。而且这老头再度从用人房出来，在白墙前穿过时，手里还多了一件泛着白光的、刀具形状的玩意……瞅着……像是反手握着……他走起路来目视前方，腆着肚子，解开的衣带在身后拖着地，步伐像主祭的神官，左摇右晃，一步步朝幽暗的松林深处走去。见此状，我害怕得不得了，也顾不上那个洋女人的尸体，后退着出了玄关，一心只想爬上那座岩山，再取道下到我停靠小船的地方。但当我靠近那片草原时，听到了呼呼鼾声，吓得我心提到了嗓子眼，几乎要晕倒过去。我急忙扑倒在草地上，眼睛已经熟悉了黑暗，仔细看去，发现还是那个被麻醉的老用人，而被我看成刀刃的东西，只是个白色陶瓷酒瓶。但我已经没有返回那座大宅的勇气了。我拼命划着船桨，当我以为已经划到大海中央的时候，还是不住地汗毛倒竖，牙关打战……在我的一生中，从没遇到过那么令人恐惧的事情。那一夜，从头到尾，我都像是被魔鬼附身了。

"但是，有件事我还是没有想通。那个老头到底是怎么解开麻醉的？如果下麻药一事被发现了，嫌疑很可能会落到我头上，所以我格外小心……我不是一股脑给他下药的，是用那老头的旧手巾充当了脱脂棉。这样一来，老头只会被认为是宿醉，那两个药瓶也被我扔进了大海，他本人也不可能察觉到才对。你们怎么就跟眼睛长在现场似的，一下就猜到了呢……"

据说，音吉招供时讲到这段，仍然疑惑地不停眨巴着眼。只是很遗憾，音吉是在何处习得如此巧妙的麻醉药用法，又是用得什么手段搞到药品……这些事情并没有留下记录。时至今日，当时经办案件的 R 警署人员已悉数转任，犬田博士也已去世，笔者也再无从深究。

东作老人现在还活着。这位性格中透着点儿单纯、愚钝的老人已经年逾九十，他不顾女儿、女婿的劝告，在 R 市某家医院当伙夫，这件事近来还登了报纸呢。

瓶装地狱

近视眼艺妓与迷宫事件

你问我刑警生涯中的有趣经历？想拿来当小说素材啊……唔，难得你开尊口，可我实在无甚故事可讲。一直跟在案件屁股后忙得团团转，没劲透了。什么事儿都会变成工作，我能想起的净是些无聊的回忆。

无聊回忆也成？名侦探智破谜案的老生常谈已经听腻了？你也真够执着的。

那么，这个故事怎么样？绝对称得上一起"迷宫事件"。警视厅的青年才俊们费了九牛二虎之力，仍然毫无头绪，不得不甘拜下风，也就是所谓的"完美犯罪"。而在事件发生一年后，托了某名近视眼艺妓的福，警方意外得到了线索，很快就逮捕了凶手。怎么样？听着稀罕吧？其实对我们而言，只是一桩无聊透顶的失败故事。当侦探故事讲都会让人羞愧，因为这起事件太愚蠢了、太过简单明了了……

更有趣了？……别急，我这就讲给你听。

这是个老故事了，是在明治四十一年（1908）之后……就发生在日俄战争之后，幸德秋水的大逆事件[1]之前。有点老过头了？……无妨吗？……

虽然距今有不少年头了，但这起事件令我感到某种异样，尤其难忘。不知为何，受害者面目全非的脸、加害者洋溢着青春却又惨白的笑颜，以及夹在两者间战战兢兢的艺妓的近视眼，都仿佛历历在目，真不可思议……

整件事的经过颇为简单，但却似乎有着某种深刻的、动人心弦的地方，让人觉得不同于寻常案件。

事件的开头是桩老掉牙的杀人案。

饭田町有家木材店，老板是个叫金兵卫的男人，姓氏我记不得了。他在自家的木材厂里被人杀害了。记得事出于天神缘日[2]的第二天，那想必就是二十六

---

1 大逆事件，指一九一〇年五月以幸德秋水为首的大批社会主义者、无政府主义者被指控计划暗杀明治天皇，以大逆罪被逮捕并处刑。
2 天神缘日，即每月二十五日，宜祈愿学业成就。天神指菅原道真，此纪念日由他六月二十五日诞生、二月二十五日去世而来。

日了。天气晴朗，等我抵达案外现场，眼前却是凄惨的死相。

死者是个五十岁上下的胖老头，秃顶，身着条纹羽织，前面还系着围裙，穿一双竹皮草履，一副常见的商贩行头，但他没有戴帽子，双手揣在怀中，脸朝下倒在地上。凶案现场是木材厂通往饭田町车站的一条积满锯屑的小径……死者被一个从木材后跳出来的凶汉给开了瓢，脑袋从额头一直到眼鼻间像石榴一样裂开，连脑浆都迸出来了。乍一看现场，出血量非常少，但挖开死者脸下的潮湿锯屑，下方的泥土已经被血浸泡得发黑，黏黏糊糊的。我们推定死亡时间是十个小时前，死者倒下后，没有移动痕迹。也就是说，他是瞬间毙命的。我们勘察到的也就这么多，其余一无所知。

案发时，工人们正在木材厂中干得热火朝天，所以凶案现场附近积满了新锯屑。犯人似乎是看准了这一点才选择在此处动手，令警方在调查脚印上大伤脑筋。其实不管如何掩饰，还是会留下脚印的，但没有一个脚印是清晰的。尸体旁有两个用力踩踏形成的脚印，但也仅仅能推断出犯人穿的是木屐，这完全不足以当作推定材料。被害者身上只有两册互助会的账簿，既没有钱包也没有香烟……着实是个"干净利落"的凶案现场啊。

当时去到现场的人相当多。这么说可能有点夸张，但八成是工作太闲了。除了最初麹町警署来的四五个人，还有警视厅搜查一课组长、刑事部长、警部补、巡查、四名刑警、两三名鉴识员、两名法医，以及预审法官和书记员，几乎是从全国警察中遴选出的精锐，在现场拼了老命调查，却没有发现任何线索。只是从后来的尸检报告推定，从死者额头劈入的凶器是厚约三毫米、长三十厘米以上的长条形重物，简直就像柴刀的刀背……仅此而已。而且所谓"柴刀的刀背"，事后回看起来，真是无趣哪。我想这就是令这起事件陷入迷宫的原因所在。关于这个厚约三毫米、长达三十厘米以上的重物，众人纷纷提出见解，但从有人说出"柴刀刀背"一词之后，其他观点仿佛都不攻自破了。这也难怪，谁能想到会有那么大的文镇呢？从长条形的、沉甸甸的、称手的金属板联想到文镇，进而想到制图匠……可惜，警察里没有头脑如此灵光的家伙，侦探小说里倒有的是呢。因此，没有发现直

瓶装地狱

接证据的警方转而调查受害者的情况。

我们分别询问金兵卫的妻子、木材店的掌柜和伙计后确认，昨日傍晚，金兵卫吃完晚饭，便要去本乡的互助会算账。他从店中金库取出了寄存的旧账簿和九百元现金，把钱装进蛙嘴式钱包后，又把钱包和账簿揣进怀里。妻子和掌柜都看见了，他为了不让东西掉出来，把双手揣在胸前，也没戴帽子，就那么晃晃悠悠地走出了正门。金兵卫当晚并未归家，但是每月二十五日是互助会的结算日，按惯例也是不回家的，所以大家也都早早睡下了。

翌日早晨……也就是二十六日早上，掌柜和伙计们去木材厂看预计当日从深川的制材所运到河岸的冷杉木，途中发现了尸体，引发了不小的骚动。但他们也没有关于老板被杀害的头绪……实在是有够干净利落的一个案件。

当然，我们之后对死者家里人进行了严密调查，没有发现可疑的人。金兵卫之妻是个勤俭持家的妇人，独生子是一高[1]的优等生，性情温和，母子俩当晚在

---

1 一高，指日本旧制第一高等学校，系各帝国大学的预科校。一九五〇年废止，并入东京大学教养学部。

阁楼上读小说读到十点左右，没有听到惨叫或者奇怪的声响。年轻的伙计们则买了烤芋头，聚在店铺二楼讲荤段子，而且也没有听到什么。所有人都有不在场证明。金兵卫虽然非常吝啬，但是驭下有方，似乎并没有人对他心怀怨恨。

在取证调查的时候，我的脑海中只有这个念头：这下又走进迷宫了……

不过，既然九百元的现金不翼而飞，就很有可能是抢劫杀人。犯人仔细研究过金兵卫的日常作息，而且具备相当的臂力。尽管作案时已是日暮，天色昏暗，但在离木材厂、电车轨道都不远的地方下手，可以说是胆量过人。由此看来，可能是有前科的惯犯……于是，我们又仔细排查了金兵卫的远亲、互助会的相关人员、九段下周围的前科犯和地痞无赖，可依旧没有发现嫌疑人。

二十五日当晚，互助会的组织者齐聚汤岛天满宫，可携带着要紧账簿和资金的金兵卫迟迟不到，所以他们在九点时给饭田町的金兵卫家打了个电话。电话那头是他的妻子，回说快到了，少安毋躁，于是，这伙人就边喝酒边等人，直到过了凌晨，还是不见人来，便又打了一次电话，但这回没有人接。他们做梦也没想到金兵卫已经惨遭杀害，只是抱怨着明天要去金兵卫家讨个说法，就各自回家睡觉了。临别前还七嘴八舌地讨论了一番。有人说，大概是金兵卫擅自挪用了这九百元，现在正着急奔走筹钱呢；也有人说，不可能，正是因为金兵卫算账一丝不苟才把资金寄存在他那里，他决计做不出这等事，太奇怪了……又有人说，不一定，金兵卫最近在筑地纳了一房小妾呢……真是群肚子里藏不住事儿的人哪。

得知金兵卫小妾的存在，我们立刻把调查方向转到金兵卫此人的操行上，只去检番[1]转悠了一圈就摸清了小妾的底细。她是芳町的艺妓，花名爱吉，本名友口爱子，今年二十五岁……去年，也就是明治四十年，金兵卫为她赎身落籍，出钱帮她和耳背的养母在筑地三丁目的横町开了家小烟草店。店二楼有六叠[2]大小，设有壁橱、壁龛，楼下的三叠用来开店，狭窄得连厕所和厨房都挤在一处。虽说已经成了自由身，

---

1 检番，江户末期成立的艺妓管理所，代办招伎、接送和结算业务。

2 叠，原为计算榻榻米数的量词，亦作计量和室面积的量词。（1叠约等于1.62平方米）

爱吉却仍在做艺妓的老本行，只不过变成了独立营业，依然时常在宴席上弹曲助兴。有时挣得多了，金兵卫便会上门一番精打细算，连厨房的支出也要查账。真是个精明的老头子哪。

另外，爱子是个堪称蠢笨的温柔女子。某家茶屋的老板娘可怜她，希望她能有个好归宿，才把她介绍给金兵卫。但让她傻眼的是，金兵卫竟是个混账，利用爱子的善良，将她赚的钱悉数夺占，甚至逼迫她去接客。精通算盘的人实在不好对付哪。

于是，我们又开始着手调查爱子的背景，其中的细节没什么意思，也和故事无关，便略去不谈了。总之，爱子是某位富有华族[1]的私生女，像很多老套故事一样，她命运悲惨，受尽养母的欺凌压榨也不敢有怨言。她三味线弹得不行，唱歌跳舞更是差劲，而且作为艺妓来说，她太过温柔了，姿色平平，小脸儿还胖乎乎的，性格又腼腆内向，都二十五岁了，还跟个雏儿似的。唯一令人不解的是，她的近视眼非常严重……这也是整个故事的关键之处。因为高度近视，

1　华族，明治维新后授予旧时贵族的特权身份，位于皇族之下、士族之上，一九四七年废除。

瓶装地狱

她会目不转睛地盯着人看，好像一点都不怕生。被盯着的人，会感到意乱神迷……啊哈哈，果然瞒不过你。不单单我一个人对她着迷，任谁都是这么想的。

自从事件发生以来，报纸每天都在抨击警视厅的无能，我们还得忍受着谩骂，调查这些鸡毛蒜皮的小事儿，你好歹也同情下我们的辛劳嘛。所谓的新闻记者，从来不会对这种地方加以关注。新闻嘛，只是一桩讨读者欢心的买卖罢了。他们只想写"曝光！警视厅的无能""犯人的大成功"之类的噱头，每天都来问"还没破案吗？还没破案吗"，真是不胜其烦。全都是可恨的生意……

但更不凑巧的是，报纸一直死盯着这起案件不放。

爱子似乎至今为止都未曾有过情人，我不知道直觉是否准确，但总觉得按这条思路往下查一定能发现些什么。以防万一，我问爱子，她接待过的客人中是否曾经有人表露过爱意，或者只是为她着迷。爱子只是懵懂地左右摇摇头，实在叫人恼火。我完全不擅长应对这种脑筋不好的人，尤其是蠢笨的女人，她们总会给出这种反应。

事实上，爱子曾经爱上过一个男人。在他身上，爱子有生以来第一次体会到恋爱的感觉。他们仅仅见过一晚，这个懦弱的女人觉得自己的迷恋只会惹来麻烦，就把这一切都忘了。不消说，犯人就是这家伙……嘛……别着急，你慢慢听，正要到有趣的地方。

这就是为什么事发时爱子不知道谁是凶手，而且毫无头绪。不过，若要逐一调查爱子接待过的客人，却也不现实。我们并没有明确的目标，也就终止了这方面的搜查。

如此一来，调查的各个方向都陷入僵局，我们不得不回到最初的地方，换言之，我们必须找到凶器，再从凶器入手往下调查。然而，至关重要的凶器自从事件发生以来始终不见踪影，让我们伤透了脑筋。对此，我们也是有苦衷的……谁能想到，犯人居然把凶器带回了他工作的场所，重新镀了一层镍，每日仍用它制图。我们做梦也编不出这么荒诞不经的故事，所以才一筹莫展。能够依赖的只有这一条线索……只要能找到凶器……我们带着挨家挨户彻查东京市内所有商铺的觉悟，将饭田町一带的木材厂查了个底翻天。

这可不好笑。媒体大张旗鼓说是"迷宫事件"，可他们哪里知道"迷宫"背后我们付出了多少辛苦。最后，我们展开了从九段下直至大手町护城河的大搜查，结果呢，除了旧铁皮桶、漏底的药罐、老木屐、破靴子、猫猫狗狗、雨伞骨架以外，什么都没找到。报纸上刊登了这次搜查状况的照片，但只给我们带来了铺天盖地的嘲笑。

　　终于，事件在发生三个月后完全陷入迷宫，请你想象一下我们接到搜查终止令时的遗憾、懊悔……这绝对不是出自什么职责感，不如说是我们这些干刑警的人的禀性吧。事件的侦破半途而废，不了了之，让人实在不爽。即便回家休假，两三日内也茶不思饭不想，只知道跟媳妇发脾气……因为一开始就闹得沸沸扬扬，所以最终警视厅受尽了报纸的奚落。但事实确如报纸所说："警视厅的无能""犯人大成功"，所以警方连个屁都不敢放。

　　然而，谁也不曾料及，这起蹊跷的迷宫事件……毫无线索的完美犯罪，在一年之后，托爱子高度近视的福有了眉目，讽刺极了。

　　不可思议？……确实。听起来非常不可思议、迷雾重重的故事，真相却简直不值一提。只是个纠缠于世俗人情、令人无言以对的凄惨故事罢了。

恰好事发一年之后，明治四十二年的四月间，案件迎来了转机。当然，接踵而至的案件让我们早把金兵卫案忘在脑后了……

雨淅淅沥沥地下，什么事件都没有发生……于是，我就和同事们在警视厅的休息室闲聊，一个勤务员过来招呼说有访客。

"筑地的友口爱子……希望能尽快见到你……"

说着，他递过来一张小小的名片。

我顿时吓了一跳，急忙站起身，又想起一年前付出的种种苦心。在这样的情况下，突然前来要求会面的女性十有八九是来汇报重大线索的。

听着同事们的冷嘲热讽，我急匆匆去到会见室，那毫无疑问是爱子。她梳着整齐的圆髻，一副冒着傻气的妇人模样，坐在椅子上，看起来似乎心事重重，脸色铁青，十分憔悴。更奇妙的是，她战战兢兢偷瞄这边的眼神，再也没有昔日那般惹人怜爱的亲昵感。

"线索来了！"我想着，却还是做出一副若无其事的表情问话。爱子在与金兵卫死别之后，便不再干

瓶装地狱

艺妓的行当，专心与养母经营烟草店。附近的公司职员和工厂工人常来光顾，生意也红火。然而，家境有所起色后，养母开始沉迷看戏、宗教还有饮酒作乐，她效仿死去的金兵卫，把爱子挣的钱据为己有，而且拒绝了所有登门说亲的好姻缘。爱子从早到晚既要在店里打工，又要操持家务，日渐消瘦……就是这么个故事……总之，爱子是个从生到死都遭受他人压榨的女人哪……之后，爱子怯生生地拿出一封信，叫我读读看。

我大失所望，看来是封威胁信什么的，但打开信封，我不由吃了一惊。信封中是三张信笺，印有制图用的紫章，上面是清秀纤细的字迹。我把信保存在参考证据里了。给你看看吧……喏……过来这边，就是这封信。

前略

我必须对您表示感谢。想必您还记得，昨日偶然间、我与您两人独处的场景。那时，坐在您身旁的是缉拿思想犯的警视厅刑警。注意到这一点时，我知道自己将会命绝于此。因为

147

我总刨根问底地打听您前夫的事情，您想必对我这张脸记忆犹新。

不仅如此，看到您操劳过度而憔悴的模样，我便更深刻地感到自己的罪。当我犹豫要不要自报姓名、投案自首时，您却用与从前一般无二的、饱含爱意的眼眸凝望着我，继而装出一副不认识的样子。我清楚地知道，您的沉默无言是在暗示我赶紧逃走。

啊！我那时的心情……我一定要将这份感激传达给您。

您的前夫金兵卫是头不折不扣的恶魔。他不但伤害了您这颗被眼泪浸泡的纯洁之心，还玷污了您玉洁冰清的肉体，甚至榨干了您的血。因此，我决心要惩罚这头恶魔，将您从魔掌中解救出来，同时夺过钱财充当我去外国的旅费。自那以后的一个月里，我尾随金兵卫，直到终于抓住良机。但我并未前往外国，从金兵卫那里夺来的钱都用作了我党的运动经费。

在您看来，我应是个该被诅咒的罪人，是您前夫的仇敌，是社会的公敌，是带给您厄运

瓶装地狱

的人。尽管如此，您还是装作不认识我，放走了我。

啊！即便是一年后的今日，您依旧记得那一夜的爱情。您还爱着我。

是您，让我第一次认识到人间挚爱的可贵。我终生追随唯物主义、过弃血绝泪之生活的信念，因为您而产生动摇。

我也许快疯了。

我会逃到您再也看不到我的地方。为了不背叛信仰，我打算将这满腔感激告诉您之后，抱着对您的这份纯真爱情死去。

我无法背叛信仰与您结婚，让您也被裹入不幸的命运。

请您一定要幸福地活下去。

一个寂寞的社会主义者

致友口爱子

此信请您阅毕烧毁。我相信您的善良。

一读完这封信，我噌地一下就站了起来……

但……想了想，又坐下了。带着这封信来的爱子的态度属实不可思议……此举无疑将宣判这名爱着自己的男子的死刑……我想，善良的爱子不会做出这么残酷的事情，于是便留了个心眼，又向她发出讯问。因为我疑心这是社会主义者的计策。

"唔，爱子小姐……"

"在……"

"你对写这封信的人，有什么头绪吗？"

爱子仿佛受惊了一样，眨巴着眼睛，轻轻左右摇动那圆髻。

"不，我不知道。信上写了什么，我也读不了。因为字太小了……"

我不禁愕然。

"什么？您还没有读过吗？"

爱子用手抚摸着圆髻，露出些许寂寞的笑。

"是的。我经常收到男人写的这类信，都是让母亲替我读，但只有这封信，母亲说她看不懂……写得云里雾里的，只能挑着读……只是，信里有几处出现了金兵卫的名字，还有"社会主义者之死"什么的字眼，直叫人打怵……母亲说若是请别人看太过危险，所以我这才赶紧来找您……"

我不由自主发出一声叹息，丝毫没有感到滑稽，只是觉得不可思议。半晌间，我只是茫然地望着爱子那双眼睛，那双对一切都一无所知，所以透着畏怕的近视眼。

"唔。根据信中所写，金兵卫先生死前一个月左右，当时你似乎在某家茶屋和一个年轻的客人交情匪浅？"

爱子的脸色眼看着愈发苍白。也许是回忆起之前被讯问的经历了。她忽地连耳根都红透了，望着我的脸，怯怯地点着头。

"嗯。是这样。我记得。"

爱子的脸越来越红，干脆垂下了脑袋。我压抑住剧烈的心跳，正欲对她开始讯问，她却一股脑全交代了。

"是的。我终于想起来了。那是位少爷模样的人，约有二十七八岁。名字唤作大深，茶屋的人都叫他大先生……无论吃食饮酒，还是花钱消遣，都很豪爽。他的手完全不像工人，非常白净、秀气。几杯酒下肚，他就很亲切地问起我的身世，我也什么都告诉他，包括金兵卫先生的事情……每月二十五日是互助会的聚会，金兵卫先生会把账簿和钱带过去。他说过，坐电车回家途中还能看到我住的房子。他是信州某个有钱人家的养子，来东京就读高等工业学校。但后来因为养父破产，书便读不下去了。他在那之后做过各种各样的苦工，一边挣钱，一边在筑地的会计夜校学习，半年后继承了养父家剩余的财产，就总来小店买香烟，还指名我去陪酒助兴。自那以后，他便时有光顾……好像住在芝金杉……他是个非常亲切的好人……"

"……唔，所以你们之间发生了男女关系？"

爱子的耳根再度通红，泪水扑簌簌掉落在膝头。

"嗯。我明白了。所以当时你没有跟我说起这位客人的事儿。"

爱子轻轻摇了摇圆髻，抽抽搭搭地唏嘘起来。

"对吧？因为他是你唯一爱慕过的人，所以那时才想不起来嘛。"

爱子浑身微微颤抖地低下了头，大概是想道歉吧。我倾身靠近她一步。

"所以呀……话说回来，昨天，你是不是在电车或者其他什么地方，和另外两人单独相处过？应该是男的……"

爱子惊讶地抬起头。

"您怎么知道的……"

"啊哈哈，这封信里写的嘛。对不对？……"

"昨天我去深川参加伯父的葬礼。"

"啊。那就是在月岛乘坐渡船喽。原来如此。你对一同乘船的两个男人还有印象吗？"

爱子好像害怕地瑟缩着身子，估计是以为我在调查社会主义者的事儿。只见她乌黑的眼珠闪烁着，嘴唇微颤。

"我的视力很差，三尺以外就什么都看不清了……"

"看不清也没事儿，说个大体的印象就成。两人都是绅士打扮吧？"

"不，一个是穿蓝衣服的工人，另一个是穿黑色和服的掌柜。"

"工人模样的男人什么长相？……"

她越来越畏怕，整个人都好像缩在椅子里似的。

"那个人……戴着鸭舌帽……茶色的鸭舌帽压得很低，盖住了眉毛，所以我也没看清。另一个人不停地咳嗽，吐了好几口痰。"

"啊哈哈。对对，而且那男人皮肤黝黑，戴着茶色礼帽，个子很高，还戴着金丝眼镜……"

爱子受惊一样抬起脸。

"……您……是怎么知……"

我按下呼铃叫来勤务员。

"喂，你去休息室把石室君给我叫过来。"

"好的。"

石室刑警径直走了进来。

"干吗？……嗯？这个女人？昨天跟我一起在月岛的码头乘船来着。怎么了？……什么？一起乘船的工人？我记得。那个男人叫作大深泰三，是深川的紫塚造船厂的制图师。因为有社会主义者的嫌疑，我曾经调查过他。有点少爷派头，是个在高等工业学校念过书的好男人哪。小姐你肯定把我的脸忘了吧？昨天一副见到陌生人一样的表情。"

说实话，我从没像那一刻那般狼狈过。因为我直到那时才醒悟过来，社会主义者不可貌相，不仅敏感，而且腿脚很快。

"快去抓！他就是重大嫌疑人。你也一起来！详细的事情之后再讲。啊……不好，爱子小姐，爱子小姐。"

爱子一时昏厥，从椅子瘫倒到地上。虽然有些残忍，但我在那一刻忍不住笑了，因为她的昏厥无疑佐证了整段证词的真实性。

警医来照顾爱子的时候，我们直扑紫塚造船厂，不由他分说，当场逮捕了正在收拾办公桌抽屉、准备潜逃的大深。那时，大深刚刚接触社会主义，是幸德秋水的狂热崇拜者。此人为了目的可以不择手段，因此，为了筹集去俄国的旅费，他盯上了制图师们经常提到的金兵卫，也就是爱子的丈夫。他从爱子口中打听金兵卫的情况，随身带着工作用的长条形镀镍铁文镇，热忱地跟踪金兵卫。直到天赐良机，在木材厂有屏风遮罩般的地方，他果断下手，完成了这次绝对安全的行凶。

然而，大深与爱子仅有一面之缘，对她的近视眼毫不知情，而爱子也没有向他透露。因此，当爱子像往常一样用那一汪秋水似的眼睛，凝视着大深的时候，他顿时陷入一阵恍惚。原本他就只是个沉迷于极端主义的青年，不是真正的恶徒，这须臾的着迷给他招致了灭顶之灾。

当戴上手铐的大深看到了那封信，脸色煞白，喃喃点头道：

"傻瓜……这封信怎么能给人看……不，看来还是我更傻……啊哈哈哈……"

只剩下一串空洞的高声大笑。大深的胆量胸襟确实不俗，听罢他的话，我们想笑却也笑不出来。

当然，已经出够洋相的我们没有将逮捕大深一事告诉报社。他被暗中判处了死刑，自此可怜的爱子似乎经常去狱中探望大深，在他被执行死刑的新闻见报的当天晚上，她也在自家的厨房上吊自杀了。

由于没有留下遗书，自杀的原因不得而知。但她曾说过，是自己杀了金兵卫，又害了大深。我想也许她因此对人世彻底绝望了吧。

什么？……你说你知道……？

爱子最初并未察觉对大深的初恋情愫，而是在看罢那封信后才难以自抑。随着大深被判处死刑，对她而言，人世间也变作一片幽暗。

嚯——那这份着迷可谓姗姗来迟哪。等发觉自己的恋心时，已经杀死了两个人。

嚯——主角是一个纯真腼腆的女人，这才是这个故事的精彩之处……足以写成小说了吗？

啊哈哈。原来如此……

蛋

三太郎学习学腻了，便到后院走走。

天空飘满鱼鳞状的云，洒下些许和煦的阳光。郊区房屋并排而立，萧条无人，邻家院内开满了波斯菊，但片片花瓣纹丝不动，只将淡漠的天光朝不同方向反射。

花荫下，潮湿的黑土上隐约可见一个白色球体，仿佛新生儿的脑袋。

"哎……这是什么？"

三太郎好奇地靠近，那是一颗硕大的蛋，珠白的蛋壳有着大理石般的光泽。旁边的地上有用竹片之类的东西写的字，与蛋一同围出弧形曲线。

"……致三太郎大人……露子。"

三太郎忙用木屐把字迹踩掉。他的目光越过波斯菊花丛，穿过空地，仰望邻居家的二层小楼。

　　一楼紧闭的遮雨板上歪歪斜斜地贴着半张新纸，写着"出租"两个大字。三太郎昨晚睡觉的时候，露子家已经人去楼空，不知搬往何处去了。

　　露子与三太郎的初次邂逅是在今年早春，露子一家搬来后不久的某一天。那时候，贴有出租告示的二楼拉窗偶然开启，凭栏眺望这边后院的露子与始终开着窗户用功学习的三太郎，两人的视线在几分之一秒的犹豫中交会。露子态度冷淡地垂下眼，关上拉窗，隐入屋内，目送她的三太郎也静静地起身，拉上了窗户。

　　从那以后，直到昨天为止，露子与三太郎几乎每日都会见面。两人清楚地察觉到彼此的恋意，却同时故作冷淡……漫不经心视线交错时，她慌张地别开眼睛，逃也似的躲进屋中。两人每次打照面，都会模仿对方的冰冷态度。就这样，他们还没有等到一次微笑着见面的机会，就不得不分离了。

　　这是多么愚蠢的两个人啊。

为什么端着这样刻板拘谨的态度呢？

为什么警惕着对方的爱意呢？

……三太郎是知道其中缘由的。

……真说起来，初次见到露子面容的那一晚，三太郎的灵魂就已丛沉睡的肉体中悄悄脱离，在三太郎如今站着的这片黑土上，与等得不耐烦的露子幽会。此后，三太郎的灵魂每晚都在同一个地方与露子相见，二人耳鬓厮磨，相互哭泣，相互欢笑。

最初，三太郎以为这些都是他独自一人的幻想，感到羞耻不已。只是望见露子的背影、身穿和服的侧影，便会难以自持，深感羞惭，莫名恐惧……他困溺于这样的情绪中，不知不觉连表情都变得严肃了。

但他明白，露子也是怀揣着与他相同的心情望向这边的。每当露子与三太郎对视的时候，她那冷漠而紧张的神色已将心底的秘密昭然吐露。三太郎的幻想绝不是出自他一人的犹疑——毫无疑问，两人的灵魂都悄然脱离肉体，夜复一夜在此媾和取乐……这样的事清晰地映在三太郎的意识中。与此同时，两人无

瓶装地狱

法成为现实中的恋人，而只满足于灵魂的幽会，绝非
因为他们畏惧恋爱，而是担心现实中的恋爱必然产生
的"那个结果"……三太郎对这件事心知肚明。

　　两人白日里对视的眼神愈发冷淡。相应地，两
颗心焦急地熬过白昼，迫不及待想要在两家交界的黑
土上相逢。

　　夏天过去了。不知谁往那片黑土撒下种子，种
出了茂盛的波斯菊。入秋以后，满丛的波斯菊烂漫绽
放，美不胜收……那幅景象还恍如昨日，今天就出了
这桩怪事。

　　三太郎陷入一种奇妙的恍惚，抱起那颗巨大的
蛋。仔细一看，泛着青黄色的、半透明的蛋壳中满满
登登地填充着黏稠液体，整颗蛋像装满水一样沉重。
被太阳晒到的那半面还暖融融的。

　　三太郎自那以后每晚都抱着那颗蛋睡觉。

　　当冰凉的蛋壳被捂得和三太郎的肌肤一样暖和，
蛋中仿佛隐约传出酣然入睡的鼻息声。如果试着稍微
晃动一下，鼻息声就戛然而止了，证明这一切并非三

太郎的妄想。随之，那颗蛋还微微散发出既像乳汁、又像洗衣粉的香甜气味。

三太郎很疼爱那颗蛋。每天他都急切地等待夜晚来临，好小心翼翼地抱着蛋入睡，享受这份无与伦比的乐趣。天亮后，他麻利地把棉被塞进壁橱，轻轻将蛋放在还留有余温的褥子上。他有时胡思乱想着，就这么保持独身，抱着这颗可爱的蛋度过一生，也安闲自在……

蛋逐渐发生了变化。蛋壳从黄色变为桃红色……从桃色变茶色……从茶色变灰色……夜色越浓，壳中隐约可闻的鼻息声也越发高亢，最终演变为痛苦的呻吟。

三太郎觉得毛骨悚然……他想，一定是蛋正在孵化，蛋中之物正因无法破壳而痛苦……但要是它自己过早从内侧破开就糟了……三太郎只好继续强忍着抱住它。

入秋以后，蛋逐渐由灰色变为紫色，死人般的不祥颜色上布满了浅红斑点。壳中的呻吟声越来越大，像露出利牙的野兽一样癫狂怒吼，时而还会响起嘎吱嘎吱的磨牙声。

三太郎吓得浑身哆嗦，有时甚至彻夜难眠。这样不行……他担心道……

某夜，三太郎将呻吟的蛋抱入怀中，昏昏沉沉间，不知从何处传来嘶哑的声音：

"爸爸、爸爸、爸爸、爸爸、爸爸。"

那好像是垂死挣扎的孩子的声音。三太郎猛地睁开眼。

蛋依偎在三太郎的心窝，像重症患者的身体一样滚烫。被褥里逸散着尿水或腐烂的鱼般的腥热臭味。

三太郎慌张地抱起蛋，站起身来，急匆匆打开遮雨板……他想要将其放回原处……他伸脚探找着在庭院穿的木屐，但或许因为太过慌张，又向前栽去，蛋骨碌碌滚落在连接漆黑庭院的换鞋石板上……忽然，响起清脆的碎裂声，一股温热的、酸臭的尿味扑面而来，三太郎跟跟跄跄地向后退了几步，背过脸去。

天空中洒满了星星。

三太郎头也不回地用力拉上窗户，感到浑身冷汗都已变干。他钻进床铺，还是止不住地发抖，刚有了蒙眬睡意，却又猛地张开眼睛，寻思着必须得收拾干净……

他战战兢兢地打开遮雨板，不觉间天已放亮，外面是明媚的小阳春天气。后院的角落里，黑色枝蔓间星星点点残留着几朵白色波斯菊。

换鞋石板上没有留下任何痕迹。三太郎想，大概是昨晚被附近的猫狗舔干净了吧。

三太郎松了一口气，若无其事地开始早餐前的散步。

后院相邻的那幢房子好像又搬进了人，出租告示已经被撕掉了。

瓶装地狱

恶魔祈祷书

欢迎光临。这么大的雨真难得一见哪⋯⋯骤雨来得急，叫人躲都躲不及。

承蒙您长久以来对本店的厚爱⋯⋯嘛⋯⋯这边落座。请用茶⋯⋯哈哈。没带伞吧。呵呵，请慢用⋯⋯很快就会放晴的。

这么冷的天儿，傍晚又雷声大作的，您还能惠临敝店，实在⋯⋯明明才五点钟，不点电灯就什么都看不见了⋯⋯店里好像有妖怪出没似的⋯⋯但做旧书买卖的，要是弄得亮堂堂，也不像那么回事。试想，整间书店洒满了落日余晖，皮革书脊有些许开裂，多美妙⋯⋯呵呵呵⋯⋯

不好意思，老爷您是东京人吧⋯⋯哈哈。从东京的大学来这边赴任，在○○系执掌教鞭⋯⋯原来如此。

最近正是好时候，也不怎么忙……呵呵，不揣冒昧地讲，要是执业的医生也这样清闲，可就赔惨喽……大学真是个难得的好去处呀。

其实我也是在东京出生的，就在龙闲桥附近的一条弄堂，巴掌大，比猫额头还窄。呵呵呵。尽管如此，我年轻时也想当律师，在神田的东洋法律学校念书，"六法全书"背得那叫一个滚瓜烂熟，可坏就坏在我天性懒惰哪。不是游手好闲翻小说，就是跟在女人屁股后边乱转，散漫得不成样子。父母去世后，亲戚们很快就放弃了我，我也没骨气半工半读，便如法界调¹的曲词儿唱的那样"穷途末路"喽。哎嘿嘿。——我曾背着一把月琴远渡上海，想要重整旗鼓，也曾在美土代町的银行石阶上点一盏电石灯，摆摊叫卖平日搜罗的侦探小说、教科书，长此以往，就成了一名旧书商。呵呵呵。后来讨了婆娘，添了小鬼，拖拖沓沓地，不知不觉间头也秃了，再也回不去喽。嘛，倒也是和懒汉相称的处境，没什么好抱怨的。

嘿嘿。说得是呀，流落到××这么个偏远地方，

---

1 法界调，明治至昭和初期流行的通俗曲调，由清乐《九连环》发展而来，由年轻人随月琴伴奏而舞。

数不清吃了多少苦头呢。我以前也想过关掉旧书店，跟人家有样学样当个落语家，或者做个助酒兴的帮闲，但到底还是一直干着最初的买卖，人哪，一迷茫就要吃亏。渐渐习惯了做买卖的门道，也就有趣起来了。嘿……粗茶一盏，不成敬意……请慢用……

　　雨下得这么大，一个客人也瞧不着。不论何时来看，店内只要有一个站着读书的客人，人们便知道这家旧书店是能随便翻书的。所以要是店里连半个人影都没有，我整理起书架来就会像慢吞吞飘落的樱花似的……这可是做买卖的诀窍，得有一个站着翻书的人，充当书店的诱饵……街上路过的人偶然投来一瞥，发现有个人伫立在书架前津津有味地读着什么，不知不觉就上了钩，稀里糊涂地走进店中。这就叫从众心理哪……接着又一个人稀里糊涂进了门……就是这么回事……哪里哪里……我可没有假托请先生用茶，把您做诱饵的打算，哈哈哈。雨下得这么大，怎样的诱饵都不顶用。呵呵呵呵。实在抱歉。请您千万别放在心上……

　　嘿嘿。跟您讲一桩有趣的故事吧。就在前不久……我从一个高中生那里买下一本歌德的诗集，加上参考书和其他书共计十本，花了我三日元。这本诗集尤其古旧，因而我特地调查了一番，您猜怎么着？这是一七八〇年德意志刊行的初版，而且仔细看前衬页上潦草的持有人签名，无疑是"席勒"。我带着这本书去拜访经常来收购法文古籍的中江校长，他竟出七十日元买下了……这本诗集出版于一七八〇年的夏天或秋天，大诗人席勒买了初版，读了半晌便说：

"这么无聊的诗集，我不会读第二遍。"

他把书狠狠地摔在地上，不久却又拾起重读，不由得三拜九叩，涕泪直流，"歌德先生，您才是诗歌之神。我是个不配舔舐您足下尘土的可怜人。"

席勒把诗集抵在额头上说出了这番话，而我手中的正是那本书。中江先生后来告诉我，这本书要是在德国人手里，出十万马克都不见得卖呢！中江先生可真不是个东西……哈哈哈。不过嘛，我那会儿兜里连带这本书去东京的火车票钱都没有……我心里清楚得很哩。人就是贪得无厌。

嘿嘿。下回要是再弄到这么好的东西，我一定先拿给先生您过目。大学的〇〇系……哎，副教授室……嘿嘿，还请您多多关照。

嘿嘿。说起法语系的中江先生啊，他可是敝店的老主顾了。探寻古书对他而言似乎是无与伦比的乐趣哪。真有够着迷的……到这旧书店来的，还是眼皮子浅的客人居多，但看来您颇懂其中门道，所以我才跟您聊得这么兴起呀……呵呵呵。净听我自吹自擂了。还望您不吝赐教。

如您所见，我们家主要面向学生，洋文书籍上都贴有写着大大的"原版书"字样的标签，排列在同一书架上……话说，最近有本书的书名写作：

CHOHMEY KAMO'S HOJOKY

我稀里糊涂没弄清是什么书，随手翻翻就贴上了醒目的"原版书"标签，定价两日元。中江先生从书架上把它抽了出来，恨不得砸到我脸上，大声呵斥：

"拜托您认真点，不然很让人头疼啊。"

他一副怒气冲冲的样子……噢，仔细一看，原来那本书是鸭长明《方丈记》的英译本，哈哈哈。让人搞不清哪本才是原版书哪。实在不好意思！中江先生说这是《方丈记》最早的英译本，愿意出二十日元买下，也是对那本诗集的补偿，呵呵呵呵呵……

我可真没用！哪怕就那么两日元卖掉，我也没什么好抱怨的。如果人人都像中江先生一样，我就不必这么辛苦了，但品行不端的顾客多得是！比方说……常有人厚着脸皮站在店里读完整本书，嗬，读得那叫一个快。还有人坐在店内堆放的书上，鞋底踩满了烟头，把书都看完了才拿到我这儿。

"喂，老板，这书能便宜一日元吗？反正也不是什么有趣的书嘛。"

我都替他害臊。但又是平日的常客，也没辙……文科学生们经常在考试前夕到我这儿来，取下那边书架上的《韦氏大词典》或《不列颠百科全书》，要只是查阅字词，完事儿放回原位还则罢了，有些过分的家伙嫌抄笔记麻烦，索性把那一页撕下带走。听说大学里根本不开"修身"这门课程……真叫人咂舌。

还有更过分的事呢。有人甚至把整本书带走。这可是盗窃哦。但不得不说，他们偷书手法之高明让人打心眼儿里佩服。

窃书贼一般会抱着一两本别的什么无聊书，装成有闲的学生或知识分子模样，飘飘然走进书店。他准是一开始就有瞄上的书，但他决计不会傻乎乎地径直走向那本书。尽管想要下手，他也装作若无其事，朝这儿那儿的书架上瞧瞧、下望望，就在这当儿，自然而然地摸到惦记的书边儿上。继而摆出不情不愿的架势，仿佛是勉勉强强顺手拿出那本书，拆开函盒来看，慢悠悠地假装读起来。我也不是百货商店里巡视的刑警，他来这么一手，我从头到尾都不会起疑嘛，也就不再关心，看向他处了。他等的就是这一时机呀，露出腻烦的表情，作势把书放回书架……谁能料到这般狡猾的伎俩呢！等我回头检查时，只剩下包装的函盒了……他把偷的书混在事先准备好的书里，夹在腋下……那神情像是在说："啧！没什么好书呀！"……悠然吐着烟圈，踏出门扬长而去。胆子可真够大的！

欸……这究竟是临时起意，还是早有图谋呢？总而言之，对于没开修身课的学校的那些学生，绝不能掉以轻心哪！叫他们得手一回，肯定就会有下次。

而且，偷书的不仅是这些靠父母接济的穷学生，领着高额薪水、富有教养的绅士有时也会下手，真叫人吃惊。呵呵呵。我还见过堂堂大学教授屡屡干出这档子事呢。虽然不是此中老手，但使出的手段堪称精湛。呵呵呵。难不成他向学生传授的不是修身，而是窃书讲义？老师的手法可比学生高明多了。主要是因为他们看上去道貌岸然，才叫人难以提防啊！

　　这类人大抵都是书痴，看中珍本却对高价望而却步，心里想要得不得了……又发现看店的老板好像心不在焉……如此一来，就连人格高尚的君子也不禁动摇，对偷窃的念头欲罢不能。越想越好玩。一边承受着良心的煎熬，一边表现出远超常人的大胆机警，犯下巧妙的罪行，只懂得仰人鼻息的书商哪里对付得了……但好在……上当吃亏的回数多了，大抵也看透了其中玄妙。那些人还是太做作了！说到底也只是窃贼里的学徒罢了，但凡我稍加留意，一下子就能识破他们那点儿伎俩。只要看到进门时那种犹疑不决的态度，我心里就知道个大概了。……还是别耍花招为好呢……对吧？有些事是做不得的……呵呵呵。

　　好玩的是，有人读完偷的书，还会悄悄给放回去。您知道的，最近的小说可不像以前那些文豪写的东西，大多是读一遍就不想读第二遍的书。拿回去一读才发现，好像既不是什么了不得的作品，也不是珍本善本，根本不值得违背良心偷回来嘛……又或者，他原本就打算稍微"借"一下，非常爱惜地阅读过后，再原物奉还。还书的小偷是哪种心理，我也说不准哪。

172

瓶装地狱

究竟良心是有是无，是绅士风度还是骨子里的小偷习性……就好像有人出门办事坐电车侥幸逃了票，回程时会露出一副不屑于乘车的表情。世上总有这样微妙复杂的心理活动哩。

嘿嘿。不过呀，完全不打算还回来的小偷也多得是。我光看脸就能一眼认出那种家伙。他们赖此为生，我也就睁一只眼，闭一只眼了。毕竟也算不得什么昂贵的玩意儿。但有时想起来，还得检查函盒里的书在不在，实在有够麻烦！当发现函盒里的书被调包了、抽走了，我不禁想象曾站在这本书前的人，眼前浮现出那人、这人，仿佛渐渐知晓了他们的为人，真不可思议……最近还出了这么一桩事，真是本好得不得了的书哪……

记得那是一本 ×× 医专的学生暑假拿来的书吧。他自称是 ×× 的 ××，书是祖辈世代传下来的《圣经》，我花三日元收了。看店之余，我坐在这儿细端详起那本书来，这一读不打紧，叫我好生吃了一惊！乍一看是活字印刷本，实则是一六二六年的英国手抄本。用纸也极考究，仿佛日本百元大钞般绵软的纸上，写满密密麻麻的字，配有黑线和红蓝颜料绘就的插画，单凭此就称得上是稀世珍本了。

但如果只是这样，我还不至于那么震惊。只要舍得花钱，日本国内就能觅得不少同等稀贵的珍玩。最让我惊愕的是那本《圣经》中的文句。或许应该称其为恶魔的《圣经》……莫非这就是传闻中由施雷克所写、全世界只此一本的《异端祈祷书》（*BOOK OF DEVIL PRAYER*）？想到这里，我忽觉一阵恍惚，盛夏白昼间竟然浑身瑟瑟发抖。

嘿……先生不想听听这本书的故事吗？嘿。我记得作者的名字念作杜克·施雷克。还挺难拼写的……我曾在东京偶然听朋友说起，距今约一百年前，英国著名富豪罗斯柴尔德的次子或三子曾悬赏十万英镑找寻这本书，没想到真品竟出现在我眼前。

嘿。封面是特大黑色皮革封面……印刻着"HOLY BIBLE"的烫金文字，装在一个不知是由牛皮还是马皮制成、坚固结实的皮面函盒里。函盒的内封中央有用朱墨、黑墨双色细线绘制的纹章般的字样——MICHAEL SHIRO，依稀可辨，我猜这本书大约是天草一揆时期传入日本，被一个叫迈克尔·四郎的日本人收藏……嘿嘿，如果此四郎便是天草四郎，那就更了不得了！[1]

　　嘿嘿，肯定是这么回事。那学生对此一无所知，兴许以为是本普通的《圣经》，才动了变卖的心思。《圣经》嘛，如果不是心怀信仰，很少有人会翻开读的。但恐怕学生的祖辈也不知其来历，它就这样被埋藏在仓库深处，世代相传，直到被那个学生刨出来……"这什么东西？卖了换钱去酒吧玩！"于是才拿到我这里打听看看。如今的学生哪里耐得住性子读《圣经》嘛。怕是连一行字都没看，就拿来卖掉了。想必他现在已经沦为恶魔，学校也不去了，因为性侵、抢劫之类的勾当而被关进拘留所了吧。呵呵呵……我记下了那学生的姓名和住址，若是前去拜访 × × 的宅邸，指定还能发现不少有趣的东西来，搞得我这两三日心里直痒痒哩！呵呵呵。

　　全书用蔓藤纹饰的花体字写成，从篇章划分到标题都与真正的《圣经》如出一辙，甚至《创世记》

1　天草一揆，又称岛原起义，指日本江户幕府初期（1637）九州岛原半岛和天草岛农民与天主教徒反对幕藩封建压迫和宗教迫害的大起义。十六岁的天草四郎率众占领岛原城，后被幕府军攻陷，叛乱者尽数被处死。天草四郎的教名是杰罗尼莫（Geronimo），一揆时更名为弗朗西斯科（Francisco）。

开篇的四五行完全照搬《圣经》原文，任谁看了都不免上当。但从第四、五行往下，没有分段也没有其他标志，神圣的经文忽而变作极为恐怖的话语。该说是恶魔的《圣经》呢，还是异端的祈祷书呢？写下这部书的是英国神父施雷克，他将自己的恶魔信仰化作文字，通行于世。因为是古英语所写，读起来有些许艰涩。不才将其大略迻译如下：

　　我承袭父业，成了基督徒。在研读神学期间，我对《圣经》的内容产生疑惑，于是转而研究医药化学，发现宇宙万物不过是物质的集团性浮动，人类精神亦不外乎诸元素的化学作用。因此，我坚信所谓的宗教或者信仰，其出发点皆是卑怯的智者对愚者的欺瞒，只是诈骗敛财的手段，大地上唯一的真实乃是恶魔精神，它以无血泪、无良心、无信仰的科学精神为精神。说什么"我们出生时心如兄弟"，还有罗马教皇图方便捏造出来的"神心"，根本不存在生前的神罚、死后的地狱。无须恐惧，更无须忌惮。

　　历代罗马教皇及其他霸主皆为此恶魔信仰

的礼赞者，万人景仰的上流阶层皆是从恶魔手中攫取特权。人类日常祈祷之事皆赖此异端精神实现。强者以《圣经》欺瞒弱者，肆意发挥科学宣扬的恶魔之力而不以为耻。

全世界的人类哟！抛弃那虚伪的《圣经》，拥抱这真正的异端祈祷书吧！我将成为恶魔信仰的基督。弱者、贫者，以及悲伤者，皆随我来。

书中就是用这般激扬的语调，喋喋不休地劝人行恶。我越读越觉得脖子仿佛在被勒紧。西洋也不乏残酷无情的恶徒。活取人胆、贩卖奴隶、雇佣杀人，桩桩件件都是西洋人才干得出来的勾当，这书说得还真没错！

这位基督教神父恐怕是个精神病患者。他怀着将世人尽皆变成恶党的企图，奋笔疾书，让这世界成为恶所滋养的世界……他极尽周详地论证神仅仅充当了协助恶魔的角色：

神只为弱者存在，弱者只为强者流汗，强

者又只为恶魔而活。

世界初始唯有物质。除物质以外别无他物。物质与欲望同在，欲望与恶魔共存，欲望与物质乃恶魔的造物。因而，最忠实于物质与欲望之人跃为强者，迎接荣耀；最轻蔑物质与欲望之人沦为弱者、沦为神，步入衰亡。无视神和良心而崇拜黄金和肉欲的人才是尘世的强者、支配者。

强者、支配者是大地上的炼金术师。凡是他们的手触及之物悉数化作黄金，不为黄金者悉为灰烬。

提炼黄金者是大地上的恶魔。凡是他们的手触及的异性悉数化作肉欲的奴隶，不为奴隶者悉为血泥。

于是，在这部恶魔的《圣经》中，《旧约》部分成了"人类恶"的发展史。亚当和夏娃太过相信上帝，对肉欲报以轻蔑，所以未曾生育后代。后来，二人沉溺于蛇象征的肉欲，信仰荡然无存。被逐出伊甸园后，他们不再羞耻于彼此赤裸相见，接连诞下许多孩子，大地上的人类繁殖由此肇始。到头来，大地的荣盛非是籍由耶和华的心，而是恶魔的心……作者用这种论调洋洋洒洒地写下人类的罪恶史：

> ……历代埃及法老每夜都要换一位新妻，被厌弃的女人将遭受火刑，献祭给太阳神，或者被活生生投进尼罗河，给埃及人奉为水神的鳄鱼果腹。她们视此为无上的荣耀，欣然愿往。

> ……波斯王大流士发动战争既不为领土，也不为荣誉，而是为了拿俘虏取乐，奸淫敌国妇女，虐杀敌国男丁。每当他取得战争的胜利，便会虐杀数万敌军士兵，用新尸妆点宫殿的墙垣和走廊，以敌国王妃、公主为首的数千女性的悲鸣此起彼伏。在那里，大流士享受着这举世无匹的恶魔文明。

> ……亚历山大大帝为了消灭阿拉伯人，命民夫把黑死病人的尸体搬运至麦加街头，继而又将民夫赶尽杀绝。近代战争的种种手段皆衍生自这种极端的恶魔精神，却都不及它伟大，不愧是被称作"大帝"之人。

……历史记载，俄国的彼得大帝曾前往荷兰学习造船术，但这是赤裸裸的谎言，实际上他研究的是堕胎术和毒药制法。彼得大帝凭借由此得来的魔力支配了俄国宫廷，势力盛极一时。斯拉夫人统一了六十多个民族，缔造出庞大的俄罗斯帝国，他们的科学知识也有赖于彼得大帝传授的魔力。

　　……如此观之，支配世界的从来不是神，而是恶魔。一切科学的出发点都是否定神的存在，目的都是将人类从良心下解放，与此同时，一切化学都起源于炼金术，一切医学都起源于堕胎术与毒药研究。

　　……我等不应被历史欺骗。如不能以恶魔的法眼解读历史，或将陷入荒唐的错谬。犹太人自古就是居心叵测的民族，企图让全人类变成懒鬼，在悄无声息中灭亡，好独自占领世界。骰子、轮盘、扑克牌、将棋、多米诺骨牌，都是犹太人为了这一目的发明并传播到全世界的。令人哑然的是，犹太人为此发明出的最后一样东西就是基督教。

……"世上的事都取决于神意。只要向神祈祷，就会得到任何想要的东西，所以人类根本不需要劳作。信神者，盲人可见，哑巴能言，瘸子亦能健步如飞。看那天上飞逝的鸟儿、地上奔走的狐狸，从未考虑过明日，不也活得好好的吗？"犹太人想通过这样的宣传，将全世界人变成懒惰者，因此发明了基督教。

……于是，他们雇来了犹太人中首屈一指的男演员约翰老儿，到处宣传基督教，但应者寥寥。随后登场的是犹太人中第一流的美男子演员耶稣与犹太第一美人演员马利亚，两人搭伙在街头巷尾宣传，取得了空前成功。

（删去三十行）

……他用这样的语调写完了《旧约》……接下来是《新约》，这位叫杜克的僧侣，在恶魔的《圣经》中化身为基督。"我是恶魔的救世主，皆随我来。"《新约》开篇以宗谱的形式记载了自他的家族世代流传的恶魔血脉。一方面，他成了一名性情温和的传教士，整日忙于传道；另一方面，他内心信仰恶魔，在各章中堂而皇之地记述自己杀害妇女、勒索钱财等可怖恶行。人类倘能唾弃神和良心，就可以获得无上的幸福。他景仰的教师不是耶稣，而是将灵魂卖给恶魔的德意志魔法师浮士德。科学的所有邪恶用法被穿插在他的亲身经历中，仿佛恶魔低语般娓娓道来。

（删去四十七行）

然后是末尾的《诗篇》部分，写满了偏激的恋歌。一首正儿八经的都没有，净是些赞美邪恶之爱、异端之恋的诗，真是本让人目瞪口呆的淫书呢……嘿……

什……什么？……您问那本书现在在哪儿？……呵呵呵。说起这就有意思了。

就像我刚才说的，那部《圣经》的字体乍一看像古老的木版印刷。不知道该如何保存，也不好随便拿给不知底细的人看。真伤脑筋哪，好像是装进箱子或旧皮面书盒里，放在正对面的书架一角了。如果有顾客相中，略微扇扇风，要价一千日元也不为过……我是这么想的……因为就算是普通的古本《圣经》，有时也能卖到这个价钱呢。

但是，三个月前出了一桩事。可把我吓坏了呢！不知什么时候被人算计了，那本《圣经》不翼而飞，书架角落只剩下空书盒。

那里是店内最昏暗的角落，凡是我认准的珍本都摆放在那儿。会一动不动呆立在那座书架前的人，大抵是那老几位……至于是谁把书带走了，我已有了几分头绪呢……

哎呀……先生的脸色怎么不太好？您身体不舒服吗？……嘿嘿……这是三百日元现金？……是这个月的全部薪水……都给我？……嘿……那部《圣经》的定金……我不是说过了吗，定金得一千日元……真是不好意思。那本书是先生拿走的吧……嘿。这可真是……嘿嘿……不好说哪……

哎呵呵……今年春天起，教尊夫人钢琴的那个音乐学校毕业的年轻钢琴教师，偶然翻看那本书，觉得非常稀罕便借走了。到那时为止，先生还以为是本普通的《圣经》，没多想就借出去了。嘿嘿……您……您……您冷静点儿……冷静点儿……别激动……不要激动……请慢慢说……啊……原来如此。嘿嘿。

之后过了一周，夫人就流产了……怀孕三个月……原来如此。根据医生的诊断，是先前您二位在××开车兜风，夫人受了惊吓所致……原来如此。

那条国道最近路况很恶劣啊。可不敢乱来哪。到处都是汽车，多得离谱，县里的工程款就那么几个钱……还有其他怪事？唉……

从小只喝牛奶的娇生惯养的独生子，四五天前猝死了。诊断书上写的死因是食物中毒，但您觉得很蹊跷……唉，的确很蹊跷呢……嘿，肯定是借走那本书的钢琴老师使用了书中记载的毒药。您的胃最近也不大舒服。胃部阵阵绞痛。也许是名为××××·××的毒药。嘿。这么说，您早就对那个钢琴教师起疑心了吧？原来如此，那个钢琴教师只是个假装艺术家做派的呆板青年……夫人是您第二任妻子，还在《大阪新闻》的美人投票中夺得第一名……啊……

哇——先生。请、请、请等一下！等、等下。不，我不能放手。请等一下！您一脸凶神恶煞要去哪儿？……什、什么？……要去起诉那个钢琴教师，取回那本书，查明下的是什么毒……等……等……等一下！……万万不可啊。请您先听我说。冷静点……总之，您先坐下来听我说。事情的前因后果我已经知道，也知道事情的真相，这就毫无保留地告诉您。别着急。俗话说性急伤身……啊啊，吓死我了……

万万使不得啊！先生，这……如果您报警的话，警察一定会询问那本书是从哪儿来的。到那时，我要是被警察传唤，一旦坦白了，先生的名誉该如何是好呢？

哈哈哈。您瞧。嘻，请您先坐下，趁热喝下这杯茶。我这就跟您交底。归根结底，这事儿都赖我。

不……不用这么吃惊。这件事……我要向您道歉。一切都是我的错。嘿嘿。实在不好意思，还望您原谅……

方才我说的一切，都是信口胡诌。连篇的鬼话。全都是编造的故事。哈哈哈。让您吃了一惊吧？哈哈哈……

那本书真的只是普通的《圣经》，是一六八〇年的英国手抄本，确实相当稀有，所以值三百日元这个价，但卖不到一千日元。您读一读就知道了。从头到尾都是正儿八经的《圣经》，一笔一画都写得工工整整，到底是虔诚的僧侣三拜九叩抄写下来的经文。总之是不可多得的珍本，希望您妥善收藏。这笔钱我就收下了，尽管心里舍不得，但还是割爱给您了。

其实，我很久以前就从法语系的中江先生口中听说，您在大学里是出了名的藏书家。"○○系来了个收藏书籍的名人！那个男人是我在东京时的好对手。虽不知道他用了什么手段，但只要是我相中的书，都会被他收入囊中。他的到来，让我也兴致倍增……"中江先生经常把您挂在嘴边呢。

……所以，其实呢……呵呵呵。我早就知道是先生您把那本书拿走了。正寻思这阵子去拜访夫人讨要书钱，不想今日遇到了先生……适巧这场雷阵雨来得急。店里也没有什么旁的事儿，恰逢先生也在等雨晴，我从早上开始一直坐着看店，一时头脑有点恍惚，所以编出这段没影儿的荒唐故事，只当排遣无聊……靠着年轻时记得的一知半解的知识，以及混迹戏楼学来的说书腔调，多嘴多舌说了这么些……您瞧我这一肚子的没用学问，呵呵呵……嘿嘿。要说整个人沉浸在书籍中，果然还是侦探小说最有趣……千真万确。有时，不知不觉就想要模仿侦探小说，真奇妙哪……嘿。这笔钱收得我不胜惶恐。说了一堆毫无根据的谎话，要是让您不安了，还望务必海涵……

瓶装地狱

哎，雨似乎停了。天色亮了起来。看来明日准是个好天气。

真是不好意思。承蒙您长久以来的照顾。还请替我问候夫人……

天　牛

　　泡桐的青叶层染了蝙蝠的颜色，偶有那么一两片叶子，在似有若无的晚风中轻盈起舞。

　　暮色中的三两颗明星开始攀升，眨着眼睛，越来越大。无论远近的灵魂都悄不作声，复归平静，世界迎来了恶魔的一声温存叹息。

　　泡桐林中最低的那片叶荫下，从早至晚，有一只天牛紧紧咬啮着盘错的粗壮枝条。天牛被恶魔的气息逗引，开始徐缓地摆动起长长的触角。

　　对于天牛而言，摆动触角就意味着思考、看、听、嗅。它是集所有感官于一处的完全体生命。触角呈纤长的抛物线形，间杂有卵白色与漆黑色的条纹，接受着宇宙中彷徨的超时间、超空间的无限波动，感受那自由自在的敏感……一边接受着，一边悠然在桐叶荫间回旋……那是一对活着的微型天线，具有变幻无常的敏锐。

沾染蝙蝠色的繁茂桐林前方，是绿茵遍野的半圆形山丘，自山阴的地平线射来波希米亚玻璃色的探照灯，洒下的灯光像水一样漫然游荡，比空气更加轻、更加孤独。因此，触角无意中对准那座草丘的方向时，天牛感受到了大宇宙不可名状的神秘。

在草丘的彼方，海的彼岸，大陆的对岸，星座的另一边，在更为遥远的半球状大地上跨越数千里后到达的广袤土地上，正午临近了。热得要烧焦了似的天空中，沙尘弥漫，还漂浮着数千年前残余的以太的幽灵，它与牛顿引力学说背道逆行，冲撞向超越爱因斯坦量子论的虚空之尽头，随之变化为极其精微的超短波宇宙线，沿原路折返。它像萤光般泛着青蓝色，天牛的触角感知到了它的寂寞。

这想必是距今一千九百六十五年前，尼罗河底的冥府法庭上，担任书记员的透特神[1] 神秘而沙哑的

1　透特神（Thoth），古埃及宗教中的智慧与文艺之神，鹮头人身。

宣读声抵达天涯后传回的旋律。

　　紧贴在青色桐树干上的天牛倏地将触角伸作直线，眼睛也眯成了细缝，颤抖起来……卟噜噜……卟噜噜……卟噜卟噜卟噜噜噜噜噜噜噜……

　　　　埃及的黄金治世

　　　　美丽的克娄巴特拉

　　　　我的女王，却不再笑了

　　　　诸国被忧愁封锁

　　　　百姓为悲苦淋湿

　　　　朝政废弛

　　　　夜殿晦暝

　　　　寂寥宫闱中

　　　　我的女王，夜不成寐

　　　　悄然哀叹

　　　　我美丽的女王

　　　　统治着繁荣的埃及

　　　　兼有诸神之力

所思无远弗届

所愿无有不成

完满无缺

但唯有一样不满足

我知道，一切生灵

都在隐隐为它忧虑

天地自古污浊

一切生灵皆在劳苦汗津中

醒来复又睡去

覆满尘泥中朽烂

同一个太阳，同一个月亮

在孤寂中闪烁轮转

我们徒然虚掷了岁月

老之将至

悲伤亦成了虚妄

我看到了埃及的治世

享有诸神的庇护

走过辽阔的山川

却未曾发现任何一桩乐事

而暮年将至，死亦加身

尊贵的泪水潸然落下

夜空已泛出微白

正当此时，女王大人少见地

高声笑了起来

我们女王的深闺中

误入了一只

不知来自何方的天牛

女王惊慌中捉住了它

生出无穷的兴趣

纵使千金也难换得

女王赐下御发

任其啄咬，任其啮食[1]

1　天牛在日语中作"髪切虫"（カミキリムシ），字面意义作"剪发虫"，
　　故有此处埃及艳后任天牛剪食头发的幻想。

多么滑稽的天牛哟

多么有趣的天牛哟

始终不知餍足地铰着头发

拂晓的朝云翻涌时

可否将我这无边无际的黑发

剪得一丝不剩?

可否将我剃成秃瓢?

毫不畏惧埃及之主的天牛哟

只有你，堪为众虫之王

散发青绿光芒的天牛哟

秀丽的天牛哟

我死后誓要效仿你

生作剪发之虫

怀着绵绵眷恋

托生为一枚虫卵

漫天黑云尽头

只要仍有白浪翻滚

便能匍匐兜转，依势飞翔

潜入那片黑暗

将女人的头发啃食殆尽

青空缭绕之处

黑土蜷曲之地

彷徨流落的人们

只要嘴唇仍在缠络

我就要让美丽的秃瓢永远流行

多么滑稽，多么有趣

可笑的天牛哪

呵呵呵嚯……

女王大人从此变得开朗

敞开心扉

在宴席间翩然起舞

将尊贵的腋下卷毛统统拔下

赏赐给那只虫子

当女王的生命走向尽头

她恪守誓言

灵柩的角落处，秘密收纳着
那只虫的木乃伊
等待着女王来世转生为天牛
为使美丽的秃瓢永远流行

听着，后世的人哪
盛放着女王木乃伊的灵柩角落里
天牛至今仍在啃食女王的头发
包含着千年神秘的虫鸣声
唧吱唧吱……唧吱唧吱……
……唧唧唧唧唧唧唧唧唧……

"唧吱。唧唧唧唧唧唧唧唧唧唧唧。"

泡桐叶荫里的天牛无意识地鸣叫着。它忽然感知不到以太的幽灵了……

……即便如此……幼小的天牛仍然感激地颤抖不已。

但遗憾的是，天牛不知道自己究竟是两千年前的埃及女王克娄巴特拉转世，还是那只被秘密放置于女王寝棺中的虫子，既未被阿米特[1]吞食，也免遭太阳神呵斥，受惠于轮回转生的规律，在两千年后的今日复活。不过，天牛很快就觉得这种事怎样都好，心情便舒畅起来了。

"是啊。妾身今后还要去寻觅爱情呢。然后生下堆积如山的虫卵，在全世界撒播我可爱的孩子，将所有女人的头发啖食干净，一个不留地剪成滴溜圆的秃瓢。"

但她不知恋爱为何物……恋爱究竟是什么？又在什么地方呢？……她琢磨着，慢悠悠爬上桐叶，四处张望。

在晚星的映照下，泡桐林周围的树丛一派郁郁青青，担忧着夕阳迟迟不去。枝叶和树干参差错叠，一旁是横亘而过的国道，显得微微发白，对面是排列整齐的白杨树，树木间照进非常美丽而奇异的光。

那是浅桃色绢纸灯罩透出的柔和彩光。

"哎，好神秘的光哪……妾身想起来了，虫血染

---

1 阿米特（Ammit），古埃及神话中有着鳄鱼的头、上身为狮子、下身为河马的生物，吞食生前作恶的死人，使其灵魂无法转生。

红的莎草纸灯，尼罗河畔王宫的灯火……妾身的爱情一定就在那里。"

然后，她在昏暗的暮色中徐缓舒展开紧紧叠合的左右双翅，这还是她出生以来头一回。氤氲着诱人湿气的风悄悄浸润了她的羽翅，一眨眼，她就飞出了一条直线，向着靛青色晚星下的那团黑暗，向着远方那束桃红色的光飞去。

"啊，爸爸……捉到天牛了！"

"什么？天牛啊……"

"嗯啊。爸爸不是说今晚想捉不一样的虫，才给捕蛾灯套上红灯罩的吗？所以一只蝴蝶都没来呢，招来的是天牛……"

"唔嗯。好玩儿。说不定甲虫类就喜欢红色。"

"哎呀，这只天牛好像不太一样。跟最近爸爸在大学给我看的天牛化石很像呢！喏，你瞧，身体是葫芦形，触角特别长……还很漂亮！白色和黑天鹅绒色相间的条纹……看……喏……"

"唔。确实很稀有哪。和三千年前的图坦卡蒙墓出土的木乃伊实物的颜色不大一样，这只才是原本的颜色哪。听说是已经灭绝的物种……真奇怪呀，怎么会在这种地方……"

"说不定是棺材里的木乃伊复活了，从埃及飞来的！"

"啊哈哈哈。说不定噢！总之先做成标本……还要向学术界报告……"

被小镊子夹住的她，在即将被塞入充满氰化氢的玻璃毒瓶前，不顾一切地挥动四肢和触角，发出的濒亡悲鸣，仿佛蕴含着千古的神秘：

"唧吱唧吱唧吱唧吱。咿吱咿吱咿吱咿吱。唧唧唧唧唧唧。呵呵……呵呵呵呵呵……"

怪　梦

工　厂

降霜的早晨，铁厂在肃穆中迎来破晓。

两三日前便一直燃烧着焦炭的大炉，在晦暗的铸件工厂中，等待着犹如夕阳熟透的时刻。

昏黄的电灯下，锅炉的压力计指针将要突破两百磅，无言的战栗持续了数分钟。

一刹那，被煤烟熏得漆黑的整座工厂仿佛处于千尺地底般宁静……刹那暗示着某种无可估量的不祥预感……这座工厂快要爆炸了……

我慢悠悠抱起胳膊。对于这种毫无条理、超乎想象的预感，我打从心底嗤以冷笑，抬头望向高高的天花板上的顶窗，仰望那向青空深处倾吐着黑烟的烟囱。斜屋顶上倾歪着的半根烟囱辉映出旭日的橄榄绿色，给人以错觉的晕眩，仿佛眼看要朝我头顶倒塌似的。我使劲摇了摇头。

因为父亲的猝然离世，刚拿到学士学位的我没有任何经验，就继承了这座工厂……这是我生平头一回指挥现场作业，多少有点强人所难。我已预料到工人们会对年轻的、新来的工厂主人报以侮辱与冷嘲……

然而，我那倔强的灵魂将这不祥的预感全部压在腹底。我露出轻松而倨傲的态度，斜叼着香烟，环视着在各自工作岗位劳作的工人们呼出的白气。

在我眼前，巨大的飞轮犹如漆黑的彩虹，亮闪闪地微笑着。

对面，昨夜残留未消的黑暗中，大大小小数个齿轮无止境地咬合着。

活塞杆伸出灰色胳膊……

液压旋铆机仰头睥睨着天花板的暗处……

蒸汽锤吊起一条腿……

……这一切蕴含着超自然的巨大马力，以及基于物理原则的确信，它们一直鸦雀无声地等待我一声

瓶装地狱

令下。

……噼——咿咿……不知从哪里传来这样的声响，应该是安全阀的嘴唇漏出的蒸汽之音……抑或是我耳底的鸣响……

有种力量传至我的脊背。右手自己高高举起。

工头点了点头，走开了。

……极其缓慢地……缓慢地，工厂中层出迭现的机器们睡醒了。

蒸汽开始弥漫在工厂的每个角落。

然后越来越快……直到眼前无法停止的铁的眩晕在我周围顷刻激起漩涡……人类……疯子……超人……野兽……猛兽……怪兽……巨兽……是对这一切力量视若无睹的铁的怒号……如何伟大的精神也将在一瞬间被诱入恐怖与死的错觉之中，听任那黑暗的、残忍冷酷的呻吟四处回荡。

那声音是在嘲笑迄今为止被撕成碎片、随地抛掷的数名女工和童工的亡灵……

那是对最近被砸碎头盖骨的老工人的谩骂声……

那是对很久以前被压断双腿的大汉的愚弄声……

那是对一切生命冷眼旁观，置之度外，使人热衷于铁与火之斗争的地狱喧嚣……

从遥远的木材加工厂传来回旋圆锯机的悲鸣，从脖颈传至耳根，沁入每一根发颤的头发。那声音也切断过几根手指、几只胳膊，以及几个年轻人的额头。梁木上至今残留着发黑的血渍。

我的父亲是世人眼中的疯子。因为他对工作太过投入，以至于最后成了个没文化、相貌丑怪的老工人，昼夜不休，无血无泪的瞳孔中彻夜闪烁着钢铁色。那既是这座工厂的十字架与骄傲，同时又对另外数十座铁厂不断构成威胁。

因此，这座工厂中没有一台机器不曾夺走过人的肢体乃至生命本身。黑壁与天花板的每个角落都渗透进血的绝叫与冷笑。这座工厂的工人们就是如此热衷工作。这座工厂的机械就是如此认真。

而我支配着这一切，一个不漏地蔑视着铁、血、肉与灵魂，使他们如木叶般互相斗争、互相诅咒……继而创造出更崭新的、伟大的铁的冷笑……这便是父亲的遗志……同时不也令我露出满足的微笑吗……

"什么？那就让你见识见识。工作可不是儿戏……"

我环抱手臂悠然地走了出去，思索着，此后不知还要将多少生灵当作饵料喂给铁……我的耳朵渐渐习惯了这座庄严得分外愚蠢的工厂的叫唤……微笑着沉溺于残虐至极的空想，那是我尤为得意的最高潮……

"呜呜，老、老板！"

从背后传来一阵近乎悲鸣的喊叫。

"……又是谁出事了？……"

一瞬间，我的神经兴奋不已。当我缓缓转过头，起重机吊着的太阳色大锅炉迸洒着白火花，摇荡着光亮迫近而来，离我的鼻尖仅有咫尺。它会将触及的一切焚烧殆尽……

我眼前一阵眩晕，踩碎了水泵的铸模，飞也似的躲闪开来。全身的血液仿佛集中于心脏，直到撞在木料加工厂的门扉，我才站稳脚步。

五六个铸件工跑到我跟前，齐刷刷低下头为他们的不小心道歉。

瞧了一圈他们的脸庞，我怔怔地张着嘴巴……额头、面颊、鼻头都被轻微烧伤，冰冷的空气火辣辣地沁了进去……然后，我听到工厂中所有东西都在骚然作响，纷纷发出嘲笑……

"哎嘿嘿嘿嘿嘿嘿嘿嘿。"

"哦呵呵呵呵呵呵呵呵。"

"咿嘻嘻嘻嘻嘻嘻嘻。"

"哈哈哈哈哈哈哈哈哈。"

"呼呼呼呼呼呼呼呼。"

"咔啦咔啦咔啦咔啦。"

"嘎啦嘎啦嘎啦嘎啦嘎啦。"

"骨碌骨碌骨碌骨碌骨碌。"

"……活该……"

空　中

番号 T11 的单翼侦察机撇开苍翠的山野，以陡峭的斜度开始升空。

"……喂……Y 中尉。快停下那架 11 号单翼机！你刚赴任还不了解，这架飞机至今已发生过两起驾驶员在空中失踪的事故了。更不可思议的是，飞机自己安全降落了，机体完好无损。这里头很有些说道呢。发动机和机体都还能用，但大家都不愿驾驶这架飞机，所以它才被束之高阁……快停下，停下！……"

司令官的忠告，同僚们送行时忧心忡忡的表情，转眼间都像旧世纪发生的事一样，消失在云层之下。不久后，朝阳的清光洒遍夏日长空，一碧无际，在我头顶向四方延伸。

我感到很得意。

对于机体全身的精确检查能力、对于天气的敏锐观察力，以及跨越任何危险的经验，除此以外，什么都是不可信赖的。我对司令官和同僚们充满迷信的担心嗤之以鼻，断然将操纵舵猛向上推……他们这副样子怎么上战场？……我在心中暗想道……

但是……随着我突破冰冷的流云一角，这种反感也烟消云散。高度计指向两千五百米的刻度，高空中，只有螺旋桨那不可思议的安静的轰鸣，以及无法言喻的、美妙的灵感火花留了下来。

……这架 11 号飞机太棒了……

……明明已经突破时速三百公里，居然会这么安静……

……而且这样的天气应该不会产生气窝……

等飞过层云，就再攀升一段高度，吓他们一

跳吧……

　　……我一边思忖着，一边轻轻将操纵舵向上推。我忽地发现，脚下两三百米处的云层上，11号飞机投落的影子时高时低，与本体保持平行。

　　即便是早已习惯飞行的我，看到这幅景象也不禁感到欣喜。在广阔的天空中，我觉得仿佛已经征服了穹隆，不由深切体尝这份澄澈的满足感……简直像个孩子……心脏狂跳不止……

　　……两千五百米的高度……

　　……螺旋桨安静的轰鸣……

　　……美妙的灵感火花……

　　我的眼中淌出忘却一切的热泪。那是独自飞行于太阳、苍穹与流云间的感激之泪……压抑住泪水的我在飞行员眼镜下眨了两三下眼。

　　……就在那一瞬间……

　　螺旋桨正前方，如同一面巨镜、闪闪发光的青空中，出现了一架小小的飞机，开始迅速变大……

　　我感到不可思议。也许是事发突然，我眼花了。但当我这么想的时候，迎面而来的黑影变得越来越大，

瓶装地狱

显露出清楚的单翼机形体轮廓。

我振作精神紧握住操纵舵。

……两千五百米的高度……

……螺旋桨安静的轰鸣……

……美妙的灵感火花……

我惊呆了，紧吞唾沫，张大眼睛。迎面飞来的
是与我驾驶的飞机没有一分一厘差别的陆上侦察机。
驾驶员似乎只有一人。飞机的标志和番号即使看不太
清楚……

……两千五百米的高度……

……螺旋桨安静的轰鸣……

……美妙的灵感火花……

……青空……

……太阳……

……层云的海……

我惊叫了一声。

我将操纵舵向左拉满，试图避开，相向的飞机
也露出晦暗的左侧机腹，绕了一个大大的迂回朝我正
面飞来。

浑身冷汗直冒⋯⋯怎么会有这么离奇的事，我想着，慌忙将机体向右转，对面的飞机像在模仿一样，露出反光的右侧机腹，依旧从正面冲我而来。

　　⋯⋯仿佛是映在镜面上的影子⋯⋯

　　我紧绷着全部神经。牙根处发出咬合声。

　　忽然，我的飞机仿佛陷入轻微的气窝，摇摇晃晃地向前倾斜⋯⋯与此同时，对面的飞机也晃晃悠悠向前倾斜，机翼上的标志刹那可见⋯⋯那无疑是⋯⋯T11⋯⋯

　　⋯⋯来不及反应，相向的飞机已经同时将机翼转至水平，迎面笔直冲来⋯⋯

　　⋯⋯我按下开关。

　　⋯⋯解开安全带。

　　⋯⋯从座席上飞了出去。

　　我故意没有打开降落伞，兀自从百米高空坠落下去。

　　对面，与我保持相同姿势，没有打开降落伞，如同子弹般坠落的飞行员与我一模一样⋯⋯凝视着那张与我略无二致的脸……

……无尽的青空……

……炫目的太阳……

……闪耀着黄金光芒的云海……

街　道

大东京的深夜……

在俱乐部玩得筋疲力尽，我一人垂着头，有气
无力地朝自家方向走去。那边忽然亮堂起来，我蓦地
一抬首……

……霎时间……飞来一阵汽笛声，吓得我慌忙
退避，一辆汽车像疾风般从我身旁驶过，不断扬起飞
尘……汽油味儿……车牌号 4444 与红色车灯眼瞧着
越来越小……

……哎？……那车里坐的莫不是人偶？……那
张侧颜太美了。虽然不曾看清她的衣裳，但绾起的束
发如水欲滴，香粉扑得面容莹白，在绿光下显得清新
脱俗……黑水晶似的眼睛睁得大大的，略含笑意，她

与司机一道直勾勾地望向前方。那种挺起胸脯的清新感宛如人偶……这样想时，又有一辆车驶来。

我立刻回过头看。

车主是位戴巴拿马帽的绅士，红脸膛，身材高胖，像从模子里刻出来的有钱人……他两手老老实实按在膝头，微微挺胸腆肚，与司机一起微笑着凝望前方，从我面前疾驰而过。汽车的牌号是1111……

……人偶，是人偶。刚才的绅士一定是人偶……哎……太奇怪了……

……想着，我像石头一样僵立原地，注视着再度迎面驶来的汽车的内部。

……这回是身穿织金缎袈裟的僧人。看模样是年轻高贵的皇族，五官端正，依然是人偶……他略微低眉，双手合十，转瞬从我眼前逝去。

我浑身直打哆嗦。附近是幽静的街道……夜空中满布繁星……

……东京深夜的诡怪之事……只有我一人目睹……

我感到有某种不知名的、瘆人的、巨大的、恐怖的事物从四面八方向我逼近。我急匆匆跑了起来，

瓶装地狱

一刻也不耽误地向家跑。

此时，我的前后方都有两辆汽车无声地驶近，在我面前彼此擦身而过……

我拼命逃走了，闯进俱乐部的玄关，重重倒在踏脚垫上。

"救命！"

医　院

我不知何时被关进了坚固的铁笼中。套了一身白色细棉布病号服，绑着绷带，在混凝土地面的正中央躺成了个大字形。

……好像是在精神病院……

但我没有惊讶。就这样既没有出声，也没站起身，出神地思考起来。如果这里是精神病院，那怎么闹都无济于事。我清楚得很，越闹越会招来残酷的对待。而且现在是深夜，偌大的医院没有一丝声响……不能胡闹，不能愤慨，不，甚至不能够哭和笑，不然更会被当成疯子……

我慢悠悠地在混凝土地板上坐了起来，两手并搭在膝盖上静坐，眼睛半睁，凝视着铁栏的底部，试图镇定……

我的神经迅速镇静下来。广阔的医院内到处都静悄悄的……

恰在此时，我正对着的铁栏之外缓步走来一人。一个穿白色诊察服的年轻男人，在比我所处的混凝土地面高一尺有余、铺木板的走廊上，仿佛在思考什么似的悠然踱步走近。直至走到我的牢笼前，他忽然止步，双手插在口袋里，静静俯视着我。略低于我眼睑的高度的是一双医院内部使用的拖鞋，并拢着，一动不动。

我缓缓抬起脸。

最先映入我视野的是膝盖部分鼓出的条纹裤和洇上墨渍的诊察服……但是……总觉得在哪儿见过这身衣服……我微闭双眼思考着……不久，我忽然想起了，睁大眼睛，仰视那副面孔。

那正是我预想中的容颜……苍白瘦削……头发抓得乱七八糟的……胡须没剃，长得很旺盛……忧郁的黑眼睛低垂……仿佛受难的基督……

……那个人就是我……就是曾在这家医院的医

务科实习的我自己。

我的心扑通扑通狂跳不止。还有咕咚咕咚的血流声……叩叩叩叩地复归平静。

诊察服背后的巨大建筑上空，飘荡的银河仿佛想起了什么似的闪闪发光。

……与此同时，我觉得仿佛所有疑问都解决了。我被当作精神病人，装进了这个铁笼，而站在铁栅栏外的是穿诊察服的我。另一个我沉迷于研究自己的脑髓，濒于狂热，精神出现异常，不再分得清我是我，于是才将这个我关进了这里。只要没有另一个"穿诊察服的我"，我就不会被当成疯子。

意识到这一点的同时，我不禁气血上涌，怒视铁笼外的我的脸，怒吼着：

"……你来做什么！……你这混蛋……"

声音在医院中形成很大的回音，回荡了几圈后消失无踪。但笼外的我面不改色，两手照旧插在诊察服的衣兜里，仍以基督般的忧郁眼神俯视着。那沉静、清澈的声音回答说：

"我是来探望你的。"

我的怒火烧得更旺了。

"……不需要探望。你这个混账……快滚回去!做好你自己的实习工作……"

　　听着自己粗暴声音的回响，不知为何，我的眼角变得滚烫……但笼外的我越发冷静，薄唇的唇际浮现些许冷笑。

　　"监视你就是我的见习工作。等到你彻底发狂的那一刻，我的研究也就完成了……我想应该快了……"

　　"你……你不是人。你……你这混蛋想，把我像玩具一样杀死吗……你这冷血无情之徒!"

　　"科学总是冷血的……哈哈……"

　　对方笑着露出白齿，突然仰视夜空……仿佛在装糊涂一样……

　　我忘乎所以地站起身来，两手伸出铁笼，抓住对方白色诊察服的衣领，死命推搡着。

　　"……放我从这里出去……放我出去……从这铁笼里……我们一起完成研究好不好……好吗……好吗……你可是后辈啊……"

　　我不由眼含热泪哽咽起来。几股咸涩的泪水淌入咽喉。

214

穿诊察服的我既没有反抗，也没有逃走，只是推开穿病号服的我，面露苦涩地说：

"……不……不行……你是我……重要的研究材料……不可能放你出去的。"

"什……什么？"

"如果将你……从这里放出去……实验就做不成了。"

我下意识松开了手，反将对方的脸拉近我的鼻尖，像要凿出个洞似的死死盯住他。

"什么！你再说一遍！"

"说多少遍都一样。我要把你监禁在这铁笼里，直到你彻底疯狂。记录这一过程的报告将成为我的学位论文。对国家、社会都是有益的……"

"……哎……那就来吧！"

话音未落，我扯住对方乱蓬蓬的头发，照眼睛和鼻子间的地方狠狠揍了一拳。鼻血滴滴答答，瘫软的身体向后方撞了出去，在深夜的走廊上发出巨响……咚……余音悠长，好像死了，一动不动。

"……哈、哈、哈……活该……啊哈啊哈啊哈啊哈……"

七条海藻

灰暗的天空下横亘着阴郁的铅色大海，我静静地、静静地沉入海底。为了探寻满载金币的"奥拉斯号"的沉没之地……这是政府下达的命令……

潜水服中的气压逐渐增高，耳底发出"咿咿——嗡嗡"的鸣音。不间歇的心悸夹带着"咯噔咯噔""啵咚啵咚"的杂音在头盖骨内侧响起。随之，周围的静谧仿佛更深邃了……

……不知从遥远的何方传来了寺庙的钟声……

灰色的海藻残片顺滑地向上方漂升。紧接着，仍是灰色的小鱼群行列整齐地在我头顶消失。

眼前渐渐变得晦暗。

……进入伸手不见五指的黑暗之际，靴底沉重的触感忽而变得松软，似乎已踩在海底泥土上。

我拉了拉信号绳，告知海面的同伴。

借助潜水头盔上探照灯的光，我缓慢地迈出脚步，翻越了一座座圆形的、坡度平缓的灰色沙丘。

但无论走了多远，眼前始终是低矮的圆形沙丘，放眼望去，别说船的影子，就连一枚贝壳也没有……

非但如此，我走了许久后，发现不远处有微亮，散发着恍如磷火的苍蓝色光芒……仿佛是沙漠中的夕暮……仿佛在去往冥府的中途……无所依靠……惶恐不安……

我静悄悄地改变了方向。因为我预感到前方似有不祥之事在等着我……然而，未等我完全转过身，我便倏地全身僵直。

在我身后，不知何时冒出了一座形状奇妙无比的海藻森林，以连绵起伏的无尽沙丘为背景，逐渐向我靠拢。

……海藻之森……一条条海藻，长度从五六尺到一丈不等，呈现出马尾藻般的椭圆形……紧束的海藻根部呈细带状，连接着海床，它们时而并列，时而重叠，如同墓碑垂直竖立。苍白的磷光明灭，黑暗而又清楚……数了数，总共有七条。

我哑口无言，心脏的鼓动越发激烈，且后退了两三步。

这时，巨大的海藻群中，离我最近的那一条海藻发出了人类的声音。

低沉而沙哑。

"喂喂……"

我感觉全身的骨头一根一根冻结成了冰。无法知晓那声音的真面目，只觉得是可怕的妖怪出没，我被恐惧所攫，不由得步步后退。可立即，右边离我八尺远的海藻中传来一个浑浊而倦怠的声音。

"……你……是来寻找金币的吧？"

我的心跳骤然剧烈起来，却又迅即平静，完全停止。我自觉在被比妖怪更加神秘、更加恐怖的东西恶狠狠地盯着……

这时，最远处的低矮海藻中，一个悲戚、温柔的女声缓缓说道：

"我们不是妖怪，而是您寻找的'奥拉斯号'的船长夫妻和……他们的独生女和……舵手……还有三名水手的尸体。刚才和您说话的是船长，妾身是他的妻子。您明白了吧……最开始叫住您的是我们顶好的舵手。"

"……你愿意听我们说说话吗？可以吗……我们仨是'奥拉斯号'船长的伙伴。"

另一个苍老沉稳的声音说道：

"……我们被'奥拉斯号'上那群畜生船员杀害，

蒙上麻袋，涂上沥青和焦油固定，脚踝绑上铁砣，被扔进大海……"

"……"

"……那之后呢……其余的家伙把残帆断桨丢撒在海面上，任其随波逐流，营造出沉船的假象，他们带着财宝不知所踪。"

"……"

"……其中带头的混账特地回去欺骗故乡的警察，装出只有他一人得救的样子……散布谣言说船在这里沉没了……"

"是真的哦！叔叔……就是那个人在爸爸妈妈面前将我勒死的。叔叔，你知道得很清楚对不对？"

最后传来的是船长女儿可爱的、悲哀的声音，是从七条麻袋正中间的、最矮小的那条中漏出来的……其后，霎时静默无声，只有轻轻的啜泣声渗流在海水中。

我呆若木鸡。逐渐失去了意识。丧失了拉动信号绳的力气……

我就是带头行凶的水手长本人……

……不知自何方传来寺庙的钟声……

玻璃世界

世界尽头的尽头是用玻璃做的。

河流与大海不消说，城镇、房屋、桥、行道树、森林和山丘都像水晶般透亮。

穿着冰刀鞋的我，在这片风景的中心滑出一条直线，在纵贯水平线的玻璃道路上笔直地滑行……一直一直……

在我身后的远方耸立着的建筑中，一个房间染上殷红的血色，从外部能看得一清二楚。无论回头看多少遍，依然清晰可见。穿过房屋，穿过桥，穿过行道树……但因为一切都是玻璃做的……

我刚才在那房间中杀死了一个女人。然而，我的行动早已被远方警察塔上的名侦探透视到了。一见我的凶行将房间染成红色，他就立刻穿上和我一样的冰刀鞋，滑出警察局的玄关，朝我的方向追赶。他使出滑冰的绝技……如离弦之箭般直直地……

我见状匆忙逃跑，使出相同的滑冰绝技……滑出直线……如箭如矢……

湛蓝的天空下……无尽无际的玻璃路熠熠生

辉，追逐的侦探与逃亡的我，彼此的身影都映在玻璃上……无处遁形。我感到一阵窒息……

侦探逐渐加快了速度。我拼死蹬着脚尖……本就先行一步的我加速滑行，感觉两人间的距离陡然拉开……

我一边背过身倒滑，一边扬起右手，拇指按在鼻头，指尖做出怪样，对远远追赶来的侦探致以嘲笑和侮辱。

侦探的脸色涨得通红，我从远处也看得分明。多半正悔恨得咬牙切齿吧？他像行将溺死的人一样挥舞双手，在玻璃路上拼命蹬腿，那姿态着实可笑……真是活该……我转念又想，一个不留心就可能被追上，还是找准时机，赶紧转回身去为妙……我倒抽一口冷气。不知不觉间已经抵达了地平线……足下是无限的虚空。

我慌了，使尽浑身解数想要刹车，却不觉脚下打滑，身体摔倒在玻璃路上。我张开沾满鲜血的双手，试图支撑住身体，却难以对抗滑行的惯性。我的身体就这样笔直滑出地平线，上下颠倒地坠入无限的空间。

我咬紧牙关，想要抓住虚空，不住挥动手脚。但我什么也抓不住。

此时，从被切作直线的地平线那端，侦探伸出了头，向下窥探，一边俯视坠落的我的脸孔，一边露出一排白牙。

"明白了吗……将你逐出玻璃世界才是我的目的。"

得知从一开始就遭算计的我，无比懊悔地捂住了脸，大声抽泣，在无限的空间中一直、一直坠落着……

寻找夫人

一

"如果有一百万日元，我要这么做……还要那么做……"

成天沉溺于空想的青年中村芳夫，意外继承了伯母的遗产，一跃成为百万富翁。

芳夫立即花了数万日元建造了漂亮的宅邸，置办了美姬佳酿，罗列了山珍海味，呼朋唤友，昼夜不休地进行着一掷千金的游戏。百万家产顷刻间复归于无，甚至还负债累累。将宅邸抵押之后，他再度像原来一样一无所有。

二

"不可思议。真奇怪。无法理解。获得百万日元前的自己，失去百万日元后的自己，两者间根本没有区别。空想的百万日元与实物的百万日元，从使用的结果来看，也没什么两样。噢！一百万日元！你为什么从天而降？又为什么毫无意义地消失掉？噢！一百万日元！你到哪儿去了？"

芳夫抱着手臂思考。他不断向认识的人抛出这个疑问，希望得到答案。

三

社会学家山本说道："从你那里夺走一百万日元者，是一百万日元自身。只是你没有察觉罢了。"

法学家松井说道："是你自己夺走了你的一百万日元。"

心理学家村上说道："夺走了你的一百万日元者，就在你的心中。它藏匿在你心深处，发出不为人知的讪笑。"

又有高僧空誉说道："一百万日元并非归于虚无，而是隐没于你的心中。若想取回这百万日元，重要的是找出从你那里夺走百万日元的这颗心，并且将其杀死。如此，百万日元之金自然会回到你身边。"

最后，占卜师万象判断道："此卦名为'天地否'。若依自然之序思考自然之事，万物皆否，万事皆便秘，诚然是体现不思议之玄理的卦象。请将一切顺序逆转，再行思索，便成'地天泰'之卦，则一切都将泰然而决。"

四

芳夫思来想去，找到了名侦探高山，将一切的经过向他讲明。

"请找出夺走了我的百万日元的家伙。请为我取回百万日元。事成之后我愿意将半数钱财当作谢礼。"

名侦探爽快地点了点头。

"请给我一根雪茄的时间。我考虑考虑。"

五

雪茄变短了，名侦探高山将其扔出窗外，紧抱的双臂也松开了，若无其事地微笑着。

"夺走百万日元的犯人，在你的心之外。"

芳夫愕然，哑口无言，只是眼睛闪烁着光芒，不由探出身子凑近。名侦探的脸上依然挂着笑意。

"那是一名年轻女性。相貌美丽，学识过人，操行优秀，而且是名副其实的处女。"

芳夫不禁叫出声来。

"她人在哪儿？"

"能够找到她的，世界上唯有你一人。"

芳夫手足无措，自言自语般说道：

"这……究竟是……怎么回事……"

名侦探语气严肃地说明道：

"你在得到百万日元之前，做过各式各样的计划吧？无论哪个计划，都是无比美妙的理想。"

芳夫无言地点点头。

"然而，你完全忘了，这些计划的第一步是该迎娶那名理想的美少女做夫人。如果你在获得百万日元的同时，迎娶了这么一名完美的夫人，你的百万日元

瓶装地狱

就不会无意义地浪费掉了。"

青年芳夫眼含热泪，泪水啪嗒啪嗒地掉落。名侦探高山凝视着那张脸，断然下结论道：

"也就是说……从你那里夺走百万日元之人，正是将会成为你未来夫人的那名美少女。你有权从那名美少女手中夺回百万日元。"

六

中村芳夫对名侦探高山的慧眼与推理能力心悦诚服。他痛哭流涕地拜倒在地：

"请务必与我通力合作，寻找那名女子。即使将百万日元全部奉上，我也无怨……"

名侦探满口答应下来。

然而，从青年芳夫那里夺走百万日元、理想中的年轻女性，并不是那么容易找到的。没有一名少女愿意承认自己是夺走芳夫百万家产的犯人，并且愿意与他成婚。

青年芳夫与名侦探高山，到头来沦落得像乞丐一样，倒毙路旁。

白 菊

越狱犯虎藏伫立在深夜的街心。

黑血淋漓的赤脚上尽是伤口，沾满泥巴和灰尘，身上耷拉着背缝开裂的囚服，胸前缠绕着一圈圈簇新的粗草绳。见了他这副模样，大多数人都会吓得浑身发抖吧。那颗剃成毛栗子的秃瓢上蒙着条破手巾，上空，寒澈的晚秋星座缓慢转动。

虎藏就这样纹丝不动，凝望落在遥远山阴上的红光。圆睁的双目和胡子拉碴的下巴，凝固着无名的惊愕和恐怖……

有生以来，虎藏头一回见到如此美丽的红光。这与他长久渴望、憧憬的外国人酒馆[1]的红光截然不

1　指当时在横滨、神户等港口营业的面向船员和外国人的酒馆，多有暗娼。

228

瓶装地狱

同，也与他时刻警惕的派出所和铁道的红灯颜色完全不同，比霓虹的红更高雅，比烟花的红更柔和、绮丽……却未曾透出半点闺房灯的艳媚……像梦一样淡漠、像处女一样惹人爱慕，圆形的桃红光圈在巨大山脉一角的漆黑山影中若隐若现……仿佛在莞尔微笑……令人欲罢不能……

虎藏身躯一震，嘴里念念有词……莫非……是逮捕我的信号吗？

虎藏是一个月前逃出网走监狱的五人中的一人，其他四人不到一周就陆续落网了。如今，全国报纸的注意力与北海道当局的精力都集中在他的身上。

不仅如此。

做强盗时的虎藏素有"疾风虎"或"怒虎"之名，世人闻之色变。

就如这绰号，虎藏脾气火爆，但即便胁迫伤人，也绝不会取人性命，他向来以此为傲……而且，他干抢劫的勾当时从不碰女人。只要还没有逃窜到远方，没有绝对安全的把握，他就不沾酒色。他养精蓄锐，吃饱喝足，凭借不眠不休的精力和脚力，嘲笑随处可见的警戒线，耍得警察团团转再趁机开溜。这是虎藏的惯用伎俩。

因此，在虎藏再度得手，自网走监狱逃走后，很快便在全国范围内引起轰动。长达一个月间，警察都未能将他抓捕归案，这已经是人尽皆知的事情……当然，全国报纸也开始争相报道"能否在虎藏逃出北海道前逮捕他"的话题，搅起一股令人战栗的兴趣。

不仅如此。

此番越狱后，他无论到哪里都还身穿囚服，不但四处作案，还堂堂正正报上自己的名号。这种做法有利于恫吓世人，却也惹人注目，容易招来警方的注意。暗中行事显然更加安全，实际上，已经有警察三番五次循着他留下的线索找上门。

……我绝不是寻常的强盗。这阵子要干一票大的。直到我风风光光逃出北海道前，那些个小钱儿和寒酸的女人，我看都不带看一眼……

他逗着股傲气，所到之处，犯下累累罪行。

……然而……这回越狱之后，虎藏自己还没察觉，郁积过剩的精力已经给他的"工作"带来异常的影响。或许，在越狱时亲手砸碎老狱警脑袋的刹那，

瓶装地狱

他的心境就已经发生了变化。又或是年过四十，身体机能的改变造成了性格变化。无论如何，越狱后的他仿佛变了个人，手段变得异常粗野、残暴。

他在北海道杳无人迹的原始森林中飞奔，腿脚快得简直不像人类，有时又出现在意想不到的地方，犯下奇怪的罪行。……当着阿伊努酋长家人的面，他掐死醉卧的酋长，夺走了一柄珍藏的爪切（阿伊努人用来猎熊的锋利短刀）和几条干鱼。……仅仅两三日后，在三十里外的新农场，他闯入农户家中，攥住正在哭泣的婴儿的双脚，饶有兴趣地笑着往土墙上摔，威吓那对年轻的夫妇，悠然饱餐一顿后离去。……这桩凶行还未登上报纸的隔天，他又在山那边十几里外的小镇上袭了两个行商。这两个年轻的男人正谈笑行路间，他突然从其背后一跃而出，刺死了其中一人，恐吓着另一人，只是夺走了两人的便当，便大摇大摆地消失在山林中。他优游自得，似乎早已看破，面对北海道的深山密林，警方绝无可能像在内陆平原那样搜山……

……虎藏杀人了……而且是连续杀人……还没有被逮捕……对于这样的事实，报纸版面每日都表现出最大的惊愕与战栗，全北海道的居民每夜都活在越狱犯的梦魇之中，而全北海道警察的神经和血管，在夜以继日的工作下疲惫不堪……

逃亡中的虎藏在寒冷的北海道群山中藏匿了一个多月……渐渐地，他也不知道自己身在何地，只是一味杀人越货，为夺食物而挥舞凶器。他寻思着在寒冬来临前干上一票大的，好似一匹穷途末路的饿狼，越过了几重山，偶然来到一座不知哪里的大城镇，不料正前方的山阴处闪烁着迄今未曾见过的美艳红光。何等神秘……不可思议……令人无比留恋……

虎藏足足吃了一惊，揉了几回眼睛。他感到胸间莫名鼓动，环视着横亘在暗夜下的泛白街道。他仿佛在说给自己听似的喃喃道：

"……难道……是在向我示威吗？……"

不一会儿，双臂抱在胸前的虎藏仿佛被那束光所吸引，急匆匆朝那儿走去。他拨开夜色浓重的山草，笔直朝那散发红光的地方靠近，不久，虎藏眼前的黑暗中浮现出一幢俨如要塞的淡黄色西洋宅邸。

宅邸右方矗立着一栋造型奇怪的尖顶建筑，那

瓶装地狱

红光便是从二楼窗户漏出的。除此之外，没有一间房屋亮着灯，整座宅邸像是陷入死亡般的昏睡一样静默。很快地，他的第六感察觉到了什么。

虎藏再一次巡视起四周。

"……呵呵……难不成，工作这就来了……"

他喃喃自语着，心中有些许躁动，本能地放轻脚步，绕过高高的水泥墙，来到宅邸背后的凸角处。他下意识从怀里拔出鞘中的爪切，衔在齿间，四肢夹住凸出的墙角向上爬，却不由感到一阵几近昏厥的饥饿……

翻过约三米高的水泥墙，院内似乎是一座广阔的花园。不知名的秋日花草在黑暗中排成整齐的行列，饱浸露水，口衔爪切的囚人虎藏正藏身其中，悄悄地匍匐前行。此时，暗夜中，花草润湿清新的芳香犹如处女的体味渗入他的空腹。女人白皙的头颅、手脚、嘴唇、肚腹的幻象碎裂在他眼前的黑暗中，搅动漩涡，令他全身不寒而栗，头晕目眩。一种近乎发狂的盲目情绪兀然突起。他咬紧牙关，伏倒在秋海棠的盆栽之间。

……救救我……

虎藏压抑住想要尖叫的冲动……勉强恢复了镇定，他终于静静穿过那片秋海棠，爬到了修剪齐整的草坪。

两层洋楼近在眼前。

他忽然变得极其冷静，同时，也变得无以复加的残忍。对于一场"来之不易的杀戮"的预感，以及面对不可思议的红光的紧张感，令他的身体轻得像空气。

在他眼前，白色石廊的支柱排列成行，尽头依然是白石砌的阶梯。在延伸至房屋中央的棕榈地毯上，他像猫一样小心翼翼地匍匐爬行，不一会儿就来到一扇坚固的大门前。

虎藏抬头望向那扇门，旋即垂下脑袋，心又狂跳不止。

那是虎藏迄今为止每每憧憬，却从未撞开过的门。门后仿佛藏有巨万之富……漆黑的……沉重的……纵横交错的圆头铆钉散发着黄金色微光……那扇门的不同寻常之处在于把手的位置矮上许多，而且哪里都找不到钥匙孔。

······欸？······八成是从内部挂上坚固的门闩了······

注意到这一点的同时，虎藏只觉得浑身无力，失望透顶。因为他知道，打破这扇门并非易事······徒然被诱惑到了这里，他在内心深处开始为自己的冒险欲感到后悔。

······一碰这扇门，灯就会亮起来，这里多半装有警报装置······

思索间，虎藏俯首看到了被微弱红光照亮的花坛角落······然而······残余的留恋像未断的丝拉着他，况且他相信，若是有个万一，也能凭脚力逃之夭夭。于是，他抱着赌上命运的决心，紧握门把手，轻轻向右转动······

······啊······他不禁漏出了声，仿佛被电流击中，猛地跳下两三级台阶。

门没有锁。稍一用力转动把手，门便无声地开了，那道红光从门缝射出，成一条纵线，直抵他的鼻尖。

虎藏急忙缩了缩脖子，拱起背，弯下膝盖，屏住呼吸朝身后张望了一圈。削尖耳朵，瞪大眼睛，确认周遭没有什么可疑的声响。他摆开架势，目光越过形成段染条纹的花坛，望向横贯在黑暗中的白水泥墙，不由得发出冷笑，微微颔首。他悠然挺直了腰板，回头望向透着红光的门缝。

……哈哈……以为有堵高墙就安全了？……

这么一想，虎藏的血管中涌现出新的勇气。辘辘饥肠、极度紧张而发冷的血，让他浑身数百块肌肉都在疼痛。

……这也许将是我犯下的最后一桩罪……

这种强烈的职业意识愈发清晰，他的后槽牙咬得嘎吱作响。

那些令人恐惧的事物，一个个从他周围消失了。

他重新握紧裹在生皮鞘里的爪切，将这柄在河川石上磨锋利的白刃藏在身后，左手轻轻推开门扉。

那是间天顶高耸的房间，约有八十平方米。幽雅的近代哥特风格中，四面墙上各有一扇高窗，深红的哥白林织锦毯束于窗畔。

在窗与窗之间的墙面上，嵌有层层叠叠的橱架，直达天花板。整面橱架上错落地摆满了人偶。无论日本人偶还是西洋娃娃，无论男男女女，无论大的小的，

瓶装地狱

无论全裸半裸，无论轻装盛装，各式各样的人偶仿佛在展示世间的一切风俗，它们一个个睁大双眼，凝望虚无的空间，嘴角含着无比可爱的微笑，似乎在彼此竞争着那永恒不变的、空虚的爱怜。

虎藏眨巴眨巴眼睛，使劲揉了揉眼皮，看得怔怔的。

房间中央是一张巨型圆桌，蒙着土耳其印花布，桌上仿佛残留着那些人偶游戏过后的痕迹，摆放有各色餐具、小得像豆子的玩具、花篮，以及不可计数的小狗、猫、老鼠、猴子的玩偶，排列出整齐的圆阵与方阵。其间还有保持静止的巨大甲虫、华丽的蝴蝶、实物大小的鸽子、鸡雏、猫头鹰……

圆桌周围，波旁王朝风格的婴儿车、奢华的藤椅、鲜花装饰的摇篮、袋鼠造型的摇椅等，宛如旋转木马般排列……这一只只木马上，坐着千奇百怪的、微笑着的人偶，有些小丑装扮得摇摇晃晃排起了队伍，有些穿着振袖和服倚臂而眠，有些穿着泳衣，像鱼一样惊恐地瞪圆眼珠，挤作一处。

房间中央高耸、昏暗的圆形天顶，悬挂着水母状的枝形吊灯，外面包裹着淡红色丝绸，宛若一串酸浆果。透过丝绸的灯光柔和空幻，朦胧地照在房中人偶上，仿佛它们刚从童话中走出来。

虎藏沐浴在灯光中，呆若木鸡，屏息凝神地望着这幅不可思议的光景。

这是他做梦也未曾料到的光景……不……是自他出生以来，头一回见到这么古怪的房间。他的头脑到底无法理解这只有人偶存在的小宇宙……这露出无比美丽的桃色微笑的世界……偶然间，只是偶然间，他这头迷路的野兽步入这片充满神秘与和平的永恒空虚……

他心情变得糟透了，觉得脑袋空空如也，一阵晕眩，直犯恶心。

他摇摇晃晃地转向身后……但是……那里，还是只有他一人。他打量着自己更显卑陋的模样，没来由地颤抖着发出一声长叹。同时，他发觉自己遍身冷汗，下一刻，他突然注意到圆桌对面的景象，惊讶得头发都快倒竖了。

圆桌后面，幽暗的右侧，有一个发黑的古代人偶……左侧有一个漂亮的现代公主娃娃，她们分别装饰着两旁的红色台阶。中间是一张紫缎大床，饰以金银丝织锦缎与红缨，黄绢帷帐从缀满金线流苏的天盖四角垂落，仿如瀑布流水。阴翳下，隐约可见的白绢被子中，伸出了一只半握的左手……看起来是七八岁的女童的手腕。

瞧着这天真可爱的手腕，虎藏终于镇定了些。这时，浑身凉透的汗冷得他瑟瑟发抖。因为他似乎明白了这间屋子蕴含的不可思议的意义，以及屋主人的真面目……

虎藏不自觉地弯下腰，俯身趴在华丽的俄国地毯上，偷偷摸摸潜行至床脚边。不知为何，他心中满是焦躁……

……躺在锦缎大床上的屋主人，果真如自己推测，是个活着的小姑娘吗？……抑或说，她与其他人偶一样，也只不过是装饰品？他一定要去确认……也许他已然被无谋而盲目的好奇心所囚。此刻，他的嗅觉变得极度敏锐，从床铺的方向隐约传来一阵诱人的甜香，像巧克力，又像牛奶……

他爬到离床仅一米多远的地方，藏身在圆桌的阴影中，微微抬起脸，望向那张比想象中更加昏暗的床。

他屏住呼吸，再一次紧吞唾沫。

床中横卧着一个西洋人长相的少女，美丽的黄金色卷发披散在硕大的白色亚麻枕头上。虽然看不出年龄，但那五官比房中任何一尊人偶都更加端丽。额头与鼻梁仿佛透明……眉毛修长，睫毛浓密，睡脸如花瓣般泛红，微微向这边倾斜，而翕张的小小嘴唇露出洁白的乳牙。

枕边有一束枯萎的秋花、两三册绘本，以及两颗白纸包好的西洋点心，准备明日睡醒后吃。床脚边的地板上，有只比少女还略大些的棕熊玩偶，倚坐在床边，睁开漆黑的眼瞳，仿佛在守护少女的安眠。

……这可不是人偶啊……

他屏息而立。

他也和脚边的熊一样，双眼圆睁，目不转睛地窥向床中。眼前少女的呼吸清晰可闻……但他总觉得，少女就快要张开蓝眼睛，抬头望他……

房间中的一切在他耳中复归寂静。

少女的呼吸……牛奶的香气……干瘪花朵的吐息，混作那无从把握、令人怀念的甜味，又隐约从黄绢帷帐中传来。

……突然……他打了个寒战。

这一个月以来，在他身体里充盈、流动的那一切令人战栗的东西，如今被这股甘美的芳香一齐唤醒了。其中，还有某种东西变得尖锐、变态、猎奇，至于极其惨烈的程度，挟带着最终的威力迅疾爆发，无法抗拒。

……再也不会有这么好的机会了……而且是个小洋鬼子呢……没什么好顾虑的……动手吧……动手……

心底绝叫着……

他再度打了个寒战。俄国地毯的四角织有天蓝、血红及黑色的鲜艳花纹，却被他那双泥脚践踏。右手持的爪切反射着赤红的光线，映出眼睛和张着的惨白的嘴，他发出无声的高笑，缓缓抬头仰望晦暗的圆形天顶。

那全然是逃出铁槛的疯子才有的表情。

他再无任何犹豫，悠哉地靠近床边，掀起一层薄薄的黄绢。对着身穿白色蕾丝睡衣的少女，他右手的爪切猛地逼近那晶莹剔透的脖颈，左手慢悠悠掀开羽绒被。与此同时，他独特的骇人笑容扭曲了面部。

"……嘿嘿……嘿嘿……连叫唤都来不及的。好了吗？大小姐，做个好梦喔……呵呵……"

为了防止被鲜血溅到，他提起羽绒被遮挡，微微背过身去……这样一来……与他的心情相称，耳中，一切又回归了平静。

……那一刹那。

正对少女枕边的大玻璃窗外，有个青白色的东西笔直地横贯而逝。

他猛地朝那个方向望去，抻直了脖子，爪切也离开了少女的脖颈。

……迄今为止，他都不曾注意到，透过薄如蝉翼的黄绢帷幔，窗外是一派繁星。刚才的青白色直线，想必是某颗飞逝的星星。伴随着流星……他还注意到，午夜的潮汐似乎正在拍打着某处遥远的海岸，那细微的声音透过玻璃窗传了进来。大概是因为他在不知不觉间来到了一个地势甚高的地方……

他紧张地听着那声音，然后，仍不敢放松警惕地交替看向少女的睡颜和手中的爪切。

一双冷眼环视着屋中漾动的桃红色光芒。

光沉滞在泛着暗红色的房间四角，而在那里，一对对惹人怜爱的瞳仁，一瓣瓣嘴唇都在冲他微笑，他细心地扫视了一圈过后，惊恐地转过头，凝望着窗外的黑暗。

……又是一颗……

……有流星飞过……

……拖着细长的银色尾巴……

他不禁愕然，像只发怵的猩猩一样重整旗鼓，回头望向少女的脸。

……深夜里……没有上锁的房间里……独自安睡的西洋少女……

……北海道现在骚动不安，哪个有钱的洋鬼子会把可爱的女儿丢在深山里……

……这还算是人类的心吗？……

……神的心吗？……

像这种超越常识的想法，以及犯罪者特有的低能而扭曲的理智，在他心中复苏了。本已白热化的欲望顿时降至冰点。莫名的恐惧化作旋风，从他脚边席卷而来。

……我……难道我现在掉进了巧妙的圈套？……

……这样一幢大宅邸里只点着一盏红灯……

……没有锁的门扉……

……摆放无数人偶的房间……

……只有一个活着的人偶一样的美丽少女在熟睡……

……这莫非是可怕的西洋人设下的陷阱？……

他的膝头不受控制地抖动，齿根也不停打战，一点点向后退。如同是在触碰脓肿一样，他嫌恶地撩开那层薄黄绢，飞快地绕着那张大桌，逃出屋外。

他一溜烟跑下石阶，跳下外廊，回到了草坪上。霎时，仿佛有人拽住了他的一条腿，他栽了个跟头摔在草坪上。

……

腰部的剧痛仿佛延伸在脑中，他简直喘不上气，却倏地坐起身，拿好爪切。对着眼前黑暗中蹲踞的白色物体摆开架势。

……毁灭？……

心中却已畏惧……

然而，白色的物体一动不动。它依然蹲踞在外廊下的石柱边，丰满却坚固的各个白色部分甚至摇曳交叠，在星光下灿然可见。随之，菊花的芬芳流过黑暗，弥漫在他周围。

他的爪切掉落在地上……整个人愣在原地。

站在冰冷的草坪上，他这才发现自己被愚弄，像被玩具一样摆弄，被惨兮兮地扔了出来。他哭笑不得，像个一败涂地的选手般陷入混乱……他大大叉开双腿，两手在身后撑住身体……只是不停地、一刻不停地，呼吸着菊花令人愤怒的芳香。

然而，他还是踉踉跄跄地站起身，双手无力，却仍抓挠着袒露的胸膛，摸到掉落在露水草地中的爪切，一边将其插回怀中的刀鞘里，一边大踏步向花坛走去……但是……他又猛地僵住，回头瞧了瞧，望着石柱下那盆寂寥的白菊，抱起双臂沉思起来，努力想使混乱的头脑镇定下来。

……我是来这儿做什么的？……如果就这么回去，我算什么……

不久，他在黑暗中点了点头，忽然朝石柱迈步走去，两手擎住那盆盛开的白菊。

"……妈的……就这么回去，我岂不成了笑柄吗……该死，我要给你点颜色瞧瞧。"

他铆足吃奶的力气才微微抬起那盆钵。

"这就是我来过的证据……该死……"

对于筋疲力尽还饿着肚子的他而言，这可不是易事。这盛着满开白菊的巨大盆钵，恐怕两个人都抬不起来，而当魁梧的虎藏终于把它举到胸前，汗水已经流满他的全身。被夜露和泥巴沾湿的盆底，压在他那充满生命力的肩头，他踏着蹒跚的脚步，踩在外廊的地毯上，一步一步朝阶梯靠近。他几度感到昏厥，要是整个人翻倒就完了……

他一步压过一步，脑海中翻腾着仿佛堕入无限地狱的可怕念头，登上石阶，欠身走入那扇敞开的门，一步，一步，走到对面的窗前，使尽力气才站稳脚跟。

他强忍将陷在肩肉里的菊花盆直接砸向熟睡少女头部的冲动，再次恶狠狠地盯向床铺。

……该死……直接杀掉未免太无聊了……这样反而不合我的心意。只是砸死人后逃之夭夭，就太没意思了……该死……

他咬紧嘴唇思考着。

此刻，他不得不直面一种新的痛苦，比他至今遭受的痛苦大上许多倍。在他四十年的生命中都未曾体验过……那是令他的头发一根一根变白的、朝着极度危险逼近的刹那与刹那，那是一分一秒都有新鲜感注入的一刻又一刻，死亡般沉重的花与土块，从肩膀到胸前……从胸前抱下来，放在了地上。鲜艳的淡红色星星点点，大丛的白花香息呛鼻，静谧地绽放在少女枕边。他用力挺直嘎吱响的腰板，长长地舒了一口气。就这样，他闭上眼睛，咬紧嘴唇，让粗重的鼻息缓和下来。不一会儿，他像回过神似的睁开眼，沾满泥泞的两掌在腰间的粗草绳上擦蹭，又揉了揉满是胡茬的脸，擦掉汗水。

但是他面色铁青，连汗水都流不出来了。

黑沉沉、凹陷的两眼和老人的一样浊白空洞，嘴唇干瘪得像张纸。他的额头和脸颊，似乎在短时间内被抽干了生命，只剩下苍白的骨架子，松弛的皱纹像是被雕刻在了脸上。

……可是……这张好似死人的脸上，抽搐着软弱的、半哭半笑的表情。他僵立在原地，凝视着眼前的一切。

喉咙深处挤出呼哧呼哧的声音。

"……我……我……一点都不害怕……该死。这根本算不得什么……呵呵……呵呵……"

说话间，他似乎力气用尽，低下了脑袋。几次回头望了望刚才完成的最伟大、最杰出的罪行，他按下怀中的爪切，摇摇晃晃地走出了房间。

在他身后，那扇沉重的大门静悄悄地关上了，却忽然间轰然作响，巨大的响声在深夜的宅邸中回荡，直到万籁再度俱寂。

……翌日清早……

当晚秋的晨光照亮这座群山环抱的大宅，黄色石柱排列成行的外廊下，两个白色的人影走了出来。

一个是年轻的日本妇人，留着西洋发型，身穿白绢和服便装，另一个是四五岁的女孩，娃娃头，也穿着纯白色的毛巾睡衣。两人手挽着手，非常亲密。

年轻的女人一只手抚平睡得凌乱的头发，悠然踱步，一双白呢绒拖鞋也显出与大宅相衬的高雅。不

瓶装地狱

久，她们走到棕榈地毯的中心，似乎感到几分寒意，便停下脚步，拉紧了衣领。

这时，留娃娃头的女孩挣开了她的手，一派天真，在走廊上跑跑跳跳，踩着一双白色棉靴，嗒嗒地爬上一级级石阶。

她乐呵呵地推动门把手，消失在房间内，但没一会儿，只见她眼睛瞪得滴溜圆，拉开重重的大门，一溜烟跑了下来。

年轻女人微笑着迎接她。

"……哎呀……危险……你慢点下来。"

但女孩没有听到。

可爱的刘海左右飘动，她紧紧抓住年轻女人的和服衣裾。

"……不……妈妈，不好了……那个……我……想去偷吃人偶公主的点心的……可是……"

"呵呵呵……是糖果招来小老鼠了吗？"

女孩的眼睛瞪得更圆了，摇了摇头。

"……不。妈妈……不是……房间里到处是泥巴……"

"……欸？"

年轻女人顿时失色，低头注视着女儿的脸。

"……而且……人偶公主的枕头边，放着好大好大一盆白菊呢。"

年轻女人吓得嘴唇发白，纤白的手指颤抖着抵在唇边。她发现身旁草坪上还残留有花盆的圆形压痕，又战战兢兢地抬头望向石阶上方。

"……啊……昨夜还在这里的……是谁拿走了……"

"不……妈妈……我知道噢。昨晚呀，我们回去之后，那个人偶公主说想要赏菊花。"

女人的脸上恢复了几分血色。

"……嘛……呵呵呵……"

"所以呀……仆人熊先生就帮她搬上去了喔！……一定是这样……"

"……"

"……对不对嘛……妈妈……"

"……"

人　脸

一

千惠子是个奇怪的孩子。

还在孤儿院的时候，她是个天真无邪的孩子。五岁那年的春天，住在麹町的番町[1]附近的一户人家收养了她，这家主人是跑船的轮机长。只过了一年，她就表现得不像个普通孩子。

虽然她的个头儿没见长，小孩子脸颊特有的红润却不知不觉消失了，面色变得越发煞白，一对带双眼皮的眼睛愈来愈大。她的话很少，安静得会让人误会成哑巴。偶尔也有健谈的时候，那双大眼睛就会睖睁得老大，直勾勾盯着对方。小小的嘴唇翕张，吞吞

1　指旧东京府麹町区内一番町至六番町的地区，位于今东京千代田区内。

吐吐，却出乎意料地会用清楚的措辞，讲出些早熟的话来。不过千惠子看起来聪明伶俐，惹人爱怜，所以父母也非常自豪，对她格外疼爱。千惠子有睡懒觉的坏习惯，父母从不责备，反而夸她是个不让家里操心的孩子，引以为豪。

千惠子还有另一个奇妙……却不常被人注意到的习惯。她时常目不转睛，久久凝视着略无阴翳的天空与屋檐的交界线、树干的局部、房间一隅，或者专心致志仰望空中的浮云、脏污的白色墙壁……即使凑得很近去唤她，她也置若罔闻。

母亲注意到了这一怪癖，但这在性格温顺的孩子身上很常见，就也没太当回事。连唤了几声也不见她来，母亲才问道：

"千惠子……你在看什么？……"

语调中夹杂着些许责怪，但她也从未对千惠子的怪癖刨根问底。

然而，千惠子六岁那年的秋末，跑国际海运线的父亲寄来了一件深红羽毛外套。披在和服上搭衬，裙裾呈别致的吊钟形，让那深红色也显得典雅。

母亲匆忙给千惠子换上新衣，自己也装扮得如贵妇般艳丽，带女儿去四谷观看演出。可说起来，母亲骨瘦如柴，身高又比一般女性高挑，牵着千惠子走在路上，让她多少有点儿焦躁。不过，两人都穿着崭新的毛毡鞋，一副兴奋雀跃的模样，任谁看来都是一对真正的母女。

二

演出结束后，风飕飕地吹了起来，繁星满布的夜晚非常寒冷。

两人手牵着手回家，沿着嫩叶女校外围的人行道走入窄巷时，千惠子忽地站住不动，拉住了母亲。她的声音比以往任何时候都要清楚真切，在建筑物间的黑暗中回响。

"……妈妈……"

母亲惊讶地回过头。

"怎么了，千惠子？"

"那里有……爸爸的脸。"

千惠子边说边抬起小小的手指，指向女校高高的屋顶上空。

母亲吓得一哆嗦，不由得使劲握紧她的手，责备道：

"瞎说什么呀，哪会有那种蠢事……"

"不……妈妈……那是爸爸的脸。喏……你瞧……有眼睛，有鼻子……还有嘴巴……喏……看呀……还戴着帽子呢……"

"……哎呀……真吓人……爸爸他坐船去西洋了。好了……赶紧走吧。"

"可是……那个……太像了……真的……眼睛位置的星星最亮呢。"

母亲沉默不语，猛地拽起千惠子的手往前走。千惠子跌跌跄跄地跟着跑了起来，可没过多久，她又出人意料地说道：

"妈妈……"

"……怎么了？……"

"那个……最近那场地震之后，我们家客厅的墙壁裂开了对吧……唔……出现了很多道裂缝……那里面，有不认识的老爷爷和老奶奶的脸哦。大的脸、小的脸，许多张脸排列在一起……然后……然后……还有其他几张人脸哦。邻居家土仓的墙壁、我们家厨房的天花板、对门家的门板、梅树的枝头、木叶的影子里，我总能看到好多人的脸呢。妈妈今天带我看的演出里的坏国王、漂亮姐姐的脸，肯定也会出现在某处。等到明天，我肯定……啊！……妈妈！……那里……"

说着，千惠子急忙拉住母亲的手。

"……你看……那根电线杆上有几颗小星星……咦……看……是经常来我们家卖保险的叔叔的脸……就是那个跟妈妈很要好的叔叔……"

母亲大惊失色，呆然立在原地，紧咬下唇，俯视着千惠子。她颤抖不止的纤白手指拢起女儿凌乱的鬓发，惊恐地慢慢环顾起四周，忽而恶狠狠地甩开她的手，小跑着离开了。

"啊……妈妈！……等等……"

千惠子赶忙追过去，却被石头绊了一跤，重重摔在地上。这会儿工夫，母亲已经急匆匆离开了小巷。

千惠子急得哭了，忙不迭起身追上去。她跑跑停停，再跑又哭成个泪人儿，被穿巷风吹得东倒西歪，转过好多个街角，走了很长一段路，终于来到了熟悉的巷角。在对面昏暗檐灯投下的阴影中，她看到了母亲那张苍白可怖的脸正注视这边。

千惠子停住脚步，号啕大哭起来。

三

从那以后，母亲就不再疼爱千惠子了。

"……千惠子也快上学了，不习惯一个人睡觉可不行。"

说罢，母亲拿出一床被褥让千惠子去客厅睡，自己在卧室睡。之后，母亲再也没有带千惠子看过演出，每日一大清早就化妆出门，深更半夜才回，回家时也不再给千惠子带她最喜欢的绘本了。

但千惠子并未表现出特别寂寞的样子。她也不和女仆玩耍，只是反复翻看旧绘本，或是对各式各样的东西看得入迷，在地上画下人脸似的图形，旋即又擦掉。傍晚，千惠子和女仆一起在客厅吃晚饭，角落的床铺里放好了暖水袋，她小小的身体蜷缩在被窝里。加上睡懒觉的习惯，有时她两三天都见不到母亲的面。

"你为什么总爱赖床？"

有天早晨，难得没出门的母亲问道。千惠子像往常一样凝视着母亲的脸，噘起嘴唇，好一会儿才怯生生回答说：

“那个……我不和妈妈一起睡觉，半夜准会睡醒。所以就……灯没开，周围黑漆漆的。然后呢……我会一直往上看……对门家、邻居家、我们家庭院里的垃圾、石头堆上，都会出现各种人脸，好多好多张脸……然后……看得久了，那些人脸就会合在一起，不知不觉间变成爸爸的脸呢！……然后呀……如果再使劲看，一直、一直盯着看，那张脸最后一定会笑眯眯地望着我喔……所以啊……我梦见和爸爸一起玩，要做好多事呢……坐上大大的船……去好美好美的地方旅行……然后再……”

“没救了！这么小的孩子……半夜净不睡觉……真让人头疼……不做点什么措施不行了。”

母亲面色发青，嫌恶地看着千惠子那双大眼睛，却忽然换上一副莞尔笑容，边拍手边说：

“……啊！……我有个好主意，千惠子。妈妈呢……去给你买甜味的药。吃了它，你肯定睡得香甜，早晨也会早早起床呢……对嘛，如果不养成早睡早起的好习惯，现在送你去上学就会让妈妈伤脑筋的……"

千惠子满脸不可思议，温顺地点点头。自那夜起，她每晚都服下母亲递来的圆形药丸才入睡，托这药的福，她翌日早晨起得比以前早了。

怪的是，自那以后，母亲又时常待在家里了。早晨也不再浓妆艳抹，取而代之的是，傍晚匆忙洗个澡，化上妆，天还没黑就张罗好晚饭，催促女仆和千惠子睡觉。就这样，一旦千惠子哪天早晨睡了懒觉，母亲就在晚上多加一粒药丸。因此，还不到一个月，千惠子服药的剂量已经是最初的两倍。

千惠子一日日消瘦下去，脸色愈发难看。

四

来年二月末，千惠子的父亲在历经漫长的航海后终于回来了。他看到奔跑到玄关迎接自己的千惠子，惊讶得瞪大了眼睛：

"怎么会变成这副样子？"

父亲用粗壮的手臂抱起千惠子，急躁地问向随

瓶装地狱

后出来的母亲。但母亲严词厉色，辩解了三两句，他便接受了，松开了紧抱着女儿的胳膊，欣然点着头，麻利地脱鞋子。

然后，父亲换上棉袍，与千惠子并排坐下吃晚餐。接连几杯酒下肚，父亲的脸膛红得像赤鬼，大声讲着他头一回去的俄国的见闻。喧闹间歇，母亲也说起千惠子近来特别温顺，父亲也夸奖起母亲许久未曾梳结的圆髻，放声大笑着。酒过三巡，父亲突然回头看向挂钟，把饭碗推出很远，怒吼道：

"喂！给我盛碗饭呀。你也赶紧收拾一下，等会儿咱仨一起去看演出。"

"啊？……"

"去四谷看演出呀。"

正要端出饭盆的母亲脸色一沉，用仿佛被噩梦魇住的眼神打量着千惠子和丈夫的脸。

"什么嘛……你不喜欢看演出？"

父亲握着筷子，脸色变得很奇怪。母亲换作一副哭笑不得的表情，俯身给丈夫添饭。

"不是的……我今天晚上不知怎的……头很痛。"

父亲用手掌托着脸说道：

"嗯——？这可不行呀。怎么能用头痛这种理由敷衍半年回一趟家的丈夫呢？……啊哈哈哈哈，算了！把我去年给千惠子买的红色羽毛外套拿出来……那可是我在伦敦买的，拿到日本能卖上五十元呢。附近的孩子没有谁穿得起这样的高档货吧？没有吧，肯定没有……千惠子快换上，和爸爸俩人出去玩……你头痛就先休息吧……别忘了把房间的瓦斯炉点着……哈哈，好久没有三个人一起睡觉了，哈哈……你也要注意身体啊。"

"也没那么严重，可能是太久没有梳圆髻了。"

母亲一边给丈夫端茶，一边用带着几分沮丧的声音撒娇道。

"不……可使不得。千万别勉强自己。今年上海流行的斑疹伤寒太吓人了……我啊？我没事儿。我再披一件大衣。嗯，要那顶鸭舌帽。旅行箱里还有一小瓶威士忌，帮我放进大衣口袋里……日本真冷哪……"

五

一边观看演出、一边小口啜饮着威士忌的父亲，心情格外舒畅，带女儿踏上了归途。

在四谷见附[1]下了电车，父亲用浑浊的声音哼着小曲，千惠子时而落在他身后，时而走在他前头。不久，他俩走进嫩叶女校旁的暗巷，正走到去年秋天母亲驻足的地方，千惠子又突然停下脚步。

"哎，快跟上来呀。害怕了？……嘛，爸爸牵着你走吧……"

走在前面四五米远的父亲跟跟跄跄地折返回来，千惠子站定在漆黑的道路中央，专注地仰望着夜空。

"什么？……在看什么呢？"

"……那里有妈妈的脸……"

"喔？……让爸爸看看……在哪儿呀？"

父亲低下腰，顺着千惠子手指的方向看去。

"哈哈……那个呀……哈哈哈哈……那不是星星吗？那个叫作星云哦……"

1　见附，江户时代在江户城外侧修筑的斗形门，用作监视路人的岗哨。四谷见附是至今留存的名胜。

"……可……可是……和妈妈的脸一模一样嘛……"

"唔嗯，像吗？"

"……爸爸你看……那几颗小小的星是妈妈的头发……梳成平时那种发型……是吧……后面两颗闪闪发光的星子是嘴巴……"

"……唔嗯。好难看出来。哈哈哈哈哈……嗯嗯，然后呢？"

"然后是白色的、乱糟糟的鼻子，还有……哎……哎呀……那个叔叔的脸……在那里和妈妈的脸接吻呢……"

"啊哈哈哈哈哈哈哈哈……别开玩笑啦，千惠子……哪儿来的什么叔叔……"

"……我不知道……可是……从很久以前开始，叔叔每晚都会来我们家……和妈妈一起在卧室里睡觉呢。笑呵呵地亲嘴儿，就那样张着嘴巴……"

话没说完，千惠子就噤了声。她惊恐地瞪圆了眼睛，看着父亲的脸。

原本蹲着的父亲，不知何时叉开腿矗立在黑暗之中，气势汹汹地将双臂抱在胸前，狠狠瞪视着千惠

瓶装地狱

子。那目光简直要把她的脸贯穿似的。

千惠子抬头看，噙满泪水的眼睛眨个不停。她仿佛在辩解什么似的，忸忸怩怩，伸出小小的手指。

"……不久以前……那里……也有过爸爸的脸……"

写不出的侦探小说

我想要写出美妙的侦探小说。

闪闪发光的太阳底下，豪华的流线型跑车飞驰而过。车中坐有戴着墨镜的圆髻美人，她的侧颜历然烙印在我的视网膜上，驶远了。然后，汽油味混杂着难以忍受的尸臭扑鼻而来。

……欸？……刚才那或许是化了妆的尸体……

这么一想，我的心怦怦直跳，背后顿时升起一股寒意。我想写这样的侦探小说。

被绞杀的美人悬吊在空屋的天顶上。

那是间无人租赁的空屋，所以尸体一直、一直都没有被发现。

忍不下去的犯人装作是外行侦探，偶然发现了

瓶装地狱

尸体，向警察报案。他展现出惊人的洞察力，揭露了自己的犯罪经过，并向警官预告，某月某日某时某分，投宿于某旅馆第几号房间的某个男人就是真凶。那就是他自己的名字。而在宣告的那个时刻，他就在那个房间里。他尝试对警官做出猛烈的抵抗，最终受了致命伤，倒在地上，三呼万岁后死去。我想写这样的侦探小说。

某个穷凶极恶的杀人狂，忌惮某个名侦探的存在，非要置其于死地不可。

不可思议的是，向来天不怕地不怕的名侦探，好像对这名凶犯害怕得不得了，使出浑身解数逃跑，但犯人也想尽办法追逐。最终在大客船上，犯人押着侦探，相拥投海。

等打捞上两人的尸体，详加调查之后，人们发现犯人是侦探昔日的美丽恋人乔装打扮的……就是这样一个故事。

托洛茨基在巴黎郊外的小池塘垂下钓丝，想要寻找被昔日挚友列宁沉入池中的罗曼诺夫皇室的王冠。

托洛茨基成功了。他很快就从池底钓上了金光璀璨的王冠，不禁微笑，而在他背后的暮色中，走出来一个人。

"怎么样？钓到了呢。"

托洛茨基吃了一惊，回头看，来者是列宁。他的这位挚友应该已被制成蜡像，躺在莫斯科红场上的水晶棺中。

托洛茨基险些昏厥过去，丢下王冠、钓竿、帽子、木鞋，一溜烟地逃走了。

"呜哇——！幽灵啊——！"

列宁笑着目送他，从草中拾起王冠，抚摸了起来。

"哈哈哈哈，我煞费苦心让全世界相信我死了，但没想到连那个托洛茨基也上当了。托洛茨基果然按照我的计划行动了。因为王冠的秘密我只告诉过这小子……谁也不会知道，我策划了那么壮烈的大革命，只是为了这顶王冠。谁又能想道，革命前我就在巴黎经营着一家老当铺，还有三个情人。哈哈哈，愚蠢的人类呀……"

这样的侦探小说，在日本是没法写的吧。

瓶装地狱

某片海岸，悬崖上的别墅里住着有钱的寡妇和女儿。两人都是绝世美人，但是有人盯上了女儿，想谋取她的性命。这时，青年名侦探伸出了援手。

　　寡妇和女儿对名侦探满怀感激。女儿最终与名侦探坠入爱河，然而，他们还是没有查明意图谋害女儿的恶人的真面目。不愧是青年名侦探，总能在千钧一发之际挫败阴谋，但凶手凭借着不可思议的古怪伎俩，始终威胁着女儿的生命。

　　某一日，女儿在崖边散步，突然被人使劲推了一把，坠落悬崖。她在空中猛回头，望见崖上并排而立的青年侦探与母亲的冷酷笑脸。

　　在女儿的头撞上崖底岩角前的几秒间，至今为止的一切疑云都烟消云散了。几秒中，女儿的回忆犹如胶卷高速回转，载满了惊愕与恐怖的长篇小说——到底还是写不出来的吧。

　　有个佝偻的焚尸工。

　　他在人迹罕至的深山火葬场焚烧尸体，捎带手，打开棺材拿走值钱的东西。偶尔棺中有还活着的人，他就细心照料，直到那人恢复意识，喋喋不休地讲完生前的秘密，再将其打死烧掉。通过威胁死人家属牟利，他积累了巨额的财富。

这期间，他发现了一具失恋自杀的尸体活了过来，当即娶了这位美丽的大小姐为妻，辞掉了焚尸工的活计，迁居远方，与美丽的妻子度过了快乐的一生。

这种追述往昔式的故事，能否写成《一千零一夜》呢？……

写着写着，就写满了约定好的六张稿纸。但我回头读，没有一篇称得上侦探小说，净是些充满成人童话风格的心理描写。

……唉……

我究竟想要写什么呢？

译后记

　　梦野久作一生的创作都在诠释这个文字游戏：日文动词"言说"（語る）与"欺骗"（騙る）的发音是相同的——说即骗。

　　很难再找到一个作家，能对第一人称的独白体、书信体如此偏爱，以至于运用到自己大多数作品之中。精神病人的大段自白，凶手的书信倾诉，挟卷于疯狂故事中人的呢喃、梦呓、谵言妄语，最热烈而直接的欲望抒发（也许紧接而来的是一个诙谐场景），最插科打诨的市井语调（也许下一页便是残酷意外而至），林林总总的"言说"与"欺骗"捏造出独属于昭和初年怪奇文学的风格。

　　本书所选篇目，最早的是昭和二年（1927）发表的《寻找夫人》，最晚的是昭和十一年（1936）发表的《恶魔祈祷书》。这些作品基本上敷演了梦野在随笔《侦探小说的真正使命》中的定义："切开肉体，扯出脏腑，漂白骸骨，从血液分析到粪尿，在那些令人战栗不已的怪奇、美丑及邪恶之美中，诞生了侦探小说的使命。"

同样是在这篇文章中，梦野指出，侦探小说的命运就如曾经的日本自然主义文学、自由民权运动乃至人类的趣味倾向一样，从作者和读者狂热地投薪注油的火炬，终化作一摊冷灰。这自可当作梦野对于自身创作所处谱系的一种定位：在明治末年至大正年间的"侦探小说热"中，这种体裁变得"愈发低级、愈发深刻"。我想这正是解开梦野文学的题眼所在。

梦野常被归为变格派推理作家，或者以猎奇布局见长的幻想小说家。正如他最负盛名的长篇《脑髓地狱》，故事的真相或许远没有其叙事形式、多声部文本构成、诡秘氛围来得重要，而在他的短篇中，同样充满对于本应令人避忌的丑恶世相、荒唐人性的反照——哪怕已经过去近百年，哪怕是大众已对"猎奇趣味"司空见惯的当下，梦野对于疯狂和低俗的书写读来仍有一种异质感——有哪个促狭鬼能安排"一个

瓶装地狱

寂寞的社会主义者"为凶手呢？

  战后日本思想家巨擘鹤见俊辅为他偏爱的这位作家写过一部《梦野久作·迷宫的住人》，书中写道："一九三一年至一九四五年的战争期间，我看到了这个国家的时代氛围，清一色是以东京为中心的舆论阵地盛行的排他性国家主义。但同时，我能读到的梦野久作的作品与这种'精神锁国'是格格不入的。"鹤见觉得这种"龃龉"何其不可思议，因为梦野久作只是笔名，他原名叫作杉山泰道，其父正是玄洋社领袖、奉行亚洲主义的右翼政客杉山茂丸。与此相映的是，梦野文学不仅不愿自限于岛国，还处处透着越境的国际主义色彩（他尤其爱以白俄军官、日本间谍、中国少女为书中人物，以俄国远东、中国东北、中国香港、美国旧金山为舞台），还不自矜于古典或名流，情愿混迹于三教九流，雕刻"低俗"。梦野本人做过陆军少尉、禅僧、农园主、邮局局长、记者、喜多流谣曲师傅，他早年给孩子写童话，后来却创作了一系列洋溢着癫狂气息的故事，把江户草子的猥辞、庸俗、滑稽感裹进了大正国际主义的视野，把九州的基督教传统、明治以降日本人欲望观念的转变、昭和时代的陆离世相写进了侦探小说的文体。

　　谁人可曾写出如此复杂的低俗与疯狂呢？就这样，深刻与浅薄、古典与疯狂、高贵与低俗，这些界限仿佛一一在不辨言说与欺骗的文字中消弭不见了。

SPRING 野
更具体地生长

策划编辑 ∣ 徐　露
责任编辑 ∣ 徐　露　徐子淇

营销总监 ∣ 张　延
营销编辑 ∣ 狄洋意　闵　婕　许芸茹

版权联络 ∣ rights@chihpub.com.cn
品牌合作 ∣ zy@chihpub.com.cn

至元
CHIH YUAN CULTURE

出品方　至元文化（北京）
CHIH YUAN CULTURE

Room 216, 2nd Floor, Building 1, Yard 31,
Guangqu Road, Chaoyang, Beijing, China

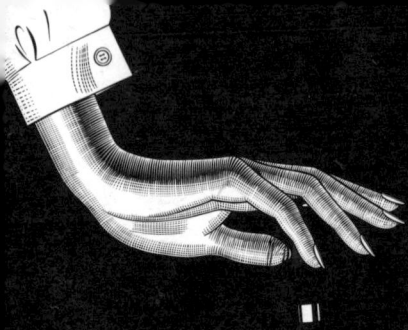